ハヤカワ文庫 SF

〈SF2419〉

宇宙英雄ローダン・シリーズ〈696〉

集結ポイントYゲート

エルンスト・ヴルチェク、ペーター・グリーゼ&
K・H・シェール

若松宣子訳

早川書房

8980

PERRY RHODAN

DER FÜRST DES FEUERS

TREFFPUNKT Y-GATE

by

Ernst Vlcek and Peter Griese

K. H. Scheer

Translated by

Noriko Wakamatsu

First published 2023 in Japan by

HAYAKAWA PUBLISHING, INC.

This book is published in Japan by

arrangement with

PABEL-MOEWIG VERLAG KG

through JAPAN UNI AGENCY, INC., TOKYO.

目次

炎の侯爵……七
集結ポイントYゲート……一四一
あとがきにかえて……二七七

集結ポイントYゲート

炎の侯爵

エルンスト・ヴルチェク
ペーター・グリーゼ

登場人物

ペリー・ローダン………………テラナー
ベオドゥ…………………………アッタヴェンノク。夢想家
オンドルム………………………同。ベオドゥの故郷惑星ヴェンの親友
亡霊を視る者……………………ベングエルの指導者
老賢者……………………………同長老
アフ＝メテム……………………炎の侯爵

1

ベオドゥは山頂に到達していた。

眼下に荘厳な景色がひろがる。ここからはドゥファーソン全体が眺められるのだ。

千の湖の国をおとずれるのが幼少期からの夢で、それがようやくかなった。

衛星アクウムの光が曲がりくねった木々が茂る肥《ひ》沃《よく》な土地に銀色の膜を投げかけ、無数の湖を鉛色に見せている。

けわしい岩壁がつづく危険な坂をベオドゥはおりはじめた。登山にはまったく不慣れだったが、やがて最初の湖のほとりにいき着いた。

待ち焦《こ》がれていた目的地にようやくたどり着き、かれは奇妙な恐怖に襲われた。なにかおかしい。状況がきわめて非現実的に感じられる。

このとき周囲が完全な無音であることに気がついた。

動物の鳴き声が聞こえず、風もそよとも吹かない。曲がりくねった木々の梢は石化したようで、針状の葉ははりつめた空気に鋼のナイフのように伸びている。アクウムさえ動きを途中で停止しているかのようだ。

世界は息をひそめていた。すべてが一瞬をとらえた写真のように静止している。空も空気も森も湖も。ベオドゥはこの世界で唯一動く存在だったが、自身がこの場にそぐわないように感じられる。すでに遠く世界をはなれてしまったのに、幼少期の夢の世界にひたっている異物だ。

ベオドゥは逃げて、べつの湖にやってきた。黒い筋のような地平線までヘビのようにからだをくねらせてのびる水域まで。ここもまたなにもかも静止している。かれはさらに逃げつづけ、千以上の湖をめぐり、ついにちいさな池のほとりで疲れきり、たおれた。腹ばいで水辺に向かい、両手を浸して疲れを癒す。自分の姿が水面《みなも》にうつる。どこか奇異に感じて、よく観察してみた。

しかし、とくに変わった点は認められない。そこにうつるのはまちがいなく自分自身だった。ただ、この姿を照らす光が奇妙だ。

からだをつつむのは、アクウムの銀色の輝きではなく、母なる恒星ウンブリルの黄金の光だった。鏡像なので左右が逆になっている。

腹ばいのまま手を水に浸し、自身の姿に見入っていると、うしろに影があらわれた。

かれ自身と同じアッタヴェンノクだ……ヴェンでは、ほかの種族の者に遭遇することはない。

ベオドゥはすばやく振り返った。しかし、背後にはだれもいなかった。ふたたび水面を見やる。するとまた、そこに先ほどの姿があった。

頭翼をしっかり横に伸ばし、先端にある目が貫くような鋭い視線をこちらに向けている。長い腕を太ももにかけ、ゆっくりとベオドゥのほうにかがみこみ、どんどん近づいてくる……

オンドルム!?

……かれの長い鼻の先は、ベオドゥの首にほとんど触れそうだった。しかし、ベオドゥが友だと気づき、その名前が頭に浮かんだとき、相手は動きをとめた。頭の翼を揺らし、長い鼻先にある口をちぢめて、わかったという仕草でしめす。

ベオドゥは驚いてからだが硬直した。まさか、ありえない。オンドルムは死んだ。親友はとうの昔にこの世を去ったのだ。自分の目でその死を確認した。

オンドルムは溺れたのだ!

恐怖でベオドゥは両腕をはげしく動かして水面をたたき、死んだ友の姿の胸像を追いはらおうとした。そしてバランスを失い、滑りやすい水辺から池に滑って落ちてしまった。

なにが起きているのか気づくのが遅すぎた。水は千本の腕をもつかのように、無情に深みに引きずりこむ。

抵抗すればするほど、引く力が強まる。

ベオドゥはついに力つき、死んだ友の腕に身をゆだねた。いま、両者は再会した。

夢が終わると、両者はふたたび引きはなされた。

＊

ペリー・ローダンはおだやかな海の波で浜辺に打ちあげられたような気分だった。夢を見ることとのない深い眠りから覚醒状態に移行するときの心地よさだ。目を開き、からだを起こす。

そこは六角形の部屋のなかで、自身がからだにあったやわらかな寝台に横たわっているのがわかった。向かいではベオドゥが低い寝台でうずくまっている。その寝台はローダンのと同じように濃紺のビロードのような素材が張られている。長い腕を巻きつけるように太ももの上で曲げ、視覚翼の下で頭を支えている。

記憶には空白があったが、ローダンはあわてなかった。目がさめるとすぐに、ネット・コンビネーションをまだ着用していて、それが機能していると確認できたからだ。

「なにがあった、ピコ？」コンビネーションのピココンピュータにたずねる。

「事態の経過について詳細な説明をお望みですか？」ピコンピュータは訊き返した。

「簡潔な説明で充分だ」と、ローダン。巨大複合宇宙船《ジュナガシュ》で、きわめて長身のベングエルと対面したことしかおぼえていない。かれは〝亡霊を視る者〟と名乗ったが、じつはヘクサメロンの炎の侯爵アフ＝メテムだった。

「アフ＝メテムはあなたとベオドゥを眠らせました」ピコンピュータが説明する。「その後、われわれは二体のロボットに調査されました。必要な知識をすべて得られたと思ったアフ＝メテムは、ロボットにあなたがたをこの宿所に運ばせたのです」

「なぜ、必要な知識をすべて得られたと思った、などといったのか？」ローダンがたずねる。

「理由はふたつあります」と、ピコンピュータ。「第一にスキャナーはあなたの細胞活性装置を分析できませんでした。第二にペダスのための対探知の楯をわたしが設定できたからです。だからアフ＝メテムは、あなたがプシサイバー＝フィールドから身を守るマイクロ装置を所持していることを知らないのです」

「上々だ」ローダンはいった。「だが、なぜわたしが意識を失い、そんな調査をされるのを防げなかったのか？」

「あなたが操られる危険があった場合は介入したでしょう」ピコンピュータは答えた。「ですが、その危険はなかったので、大きな災《わざわ》いを避け、ちいさな災いには目をつぶったのです。そうでなければ、アフ＝メテムはもっと大胆な手段で、あなたと、ネット・コンビネーションの技術を探ろうとしたでしょう。そうなったと思いませんか？」

　ローダンはかぶりを振った。

「アフ＝メテムにはまだおそらく、まったくべつの手段があるだろう。今回の処置にはどれくらいの時間がかかった？」

「約三十時間です。三時間半前に、一月六日がはじまりました」

「その間になにかわかったことは？」と、ローダン。

「わたしは任務を委託されてはいませんでした」ピココンピュータが返事をする。「どこまで進んでいいかもわかりませんでした。そのため、絶対に危険はないとわかる周辺だけしか測定しませんでした」

「結果を！」ローダンは要求した。

「このキャビンは直径五十メートルの宇宙船のセル内にあり、技術はベングエルの標準的なもの、つまりあなたの基準では完全に時代遅れなものです。このセルは同等の設備を持つほかの九つのセルとつながっています。このなかに高度な科学技術はなく……あったとしてもうまくかくされているのでしょう……バリアもまるでありません。十のセル内は自由に移動できそうです。また、無人のようです。ともかくこれまで主セクターにベングエルが生息する気配はありませんでした。ロボットさえいないようです。あなたとベオドゥを連れてきた二体以外はまったく姿を見せず、探知もできません。ただし、中心部には直径百メートルほどのセクターがあって、そこはわたしには侵入不可能な防御バリアで守られています。ここがアフ＝メテムの本拠地でしょう」

　ローダンはピココンピュータにさらに詳細を訊いたが、いまのところ統計的な価値しかない話だった。

《ジュナガシュ》は約十万の最大二百メートル級の自立型セルで構成されている複合宇宙船で、船全体で一億のベングエルが生活していると推定された。

　ローダンの頭のなかはまったくべつの疑問で占められていた。

　アフ＝メテムはどのようにベングエルをあざむき、かれらの指導者となったのか。かれらが炎の侯爵の同盟者になったという可能性はまったく考慮に入れていない。ドリフェルから帰還したさい、ベングエルやジュアタフ・ロボットから、かれらのイマーゴとして歓迎されたときのようすは、まさに熱狂的なものだった。だからアフ＝メテムが亡霊を視る者として、完璧に変装してだましたとしか思えない。

　しかし、ベングエルにとって〝亡霊を視る者〟とは何者なのだろうか？

　そもそも、アフ＝メテムはなぜわざわざベングエルとして登場し、イマーゴを自身の支配下に置こうと力をつくしたのだろうか？　炎の侯爵がイマーゴの人格に興味があるのではなく、その地位にしか興味がないことは、イマーゴを迎え、自身の正体をさらしたときの言葉から明白だ。

その言葉はローダンの耳にいまだに鮮やかにのこっており、これが思い出せる最新の記憶だった。

〝きみは数々の災いをもたらした、イマーゴ。おかげでヘクサメロンの教えは傷つけられた。それをここで終わらせる〟

ローダンはそれを文字どおりに受けとめた。しかし、それで終わりではなかった。アフ＝メテムはかれを洗脳しようとはしなかった。もしそうしていたなら、ネット・コンビネーションのピココンピュータが認識したはずだ……そうだろう？

「《レダ》はどうなっている？」ローダンがピココンピュータにたずねた。

「損傷はありませんが、操縦不能です」と、ピココンピュータ。「いつでも通信をつなげますが、いま、お望みですか？」

数秒後、ローダンはドリフェル・カプセルとコンタクトし、状況報告を受けた。

「この船内に侵入を試みたり、わたしを停止させようとしたりした者はいませんでした」《レダ》は思いやり深い女性のように響く声でいった。「あなたが船をはなれて以来、ベングエルはわたしをまったく無視しています、ペリー。かれらのイマーゴがいないので、わたしは無意味になったのです。ですが、わたしが《ジュナガシュ》に進入したトンネルは船のセグメントで閉ざされて、わたしは操縦不能になりました。ベングエルは、道を空けてほしいというわたしの要求に応じません。けれども、かれらのイマーゴからの命令であれば、きっとしたがうでしょう」

「それはためしてみないとわからない」ローダンはいった。「ともかく、スタート準備をして待機していてほしい、《レダ》」

「いつでもスタートできます」

ローダンは通信を切った。アフ＝メテムが軽率で、ローダンが自由に行動することを許してくれているとは考えられない。もしかしたら《レダ》とコンタクトしたさいは、偶然、監視されていない瞬間をとらえたのかもしれなかった。そうすると逃げだせる可能性を多少は見いだせそうだ。

いずれにせよ、ためす価値はある。ただし、性急に進めたくはない。さらにベオドゥのこともある。アッタヴェンノクが心配だ。ドリフェルへの長い旅でプシ・ショックのようなものを受けて以来、かれは変わってしまっていた。

*

ベオドゥは、ローダンが目ざめたさいに確認したときと同じ姿勢でうずくまっていた。ローダンはかれの隣りに腰をおろした。

「どうした、ベオドゥ？」心配してローダンはたずねた。「アフ＝メテムになにかされたのか？」

　アッタヴェンノクはからだを起こすと、曲げた両足のあいだで腕を床に向けて垂らした。

「わたしには〝白昼夢〟についての記憶しかない」かれは答えた。「夢にはつづきがあった」

　ローダンは、ふたりで亡霊を視る者のところに向かう途中、ベオドゥから〝見た目に惑わされないように〟と警告されたことを思い出した。同じようにピココンピュータからは、異常なプシオン放射を警告されていた。ローダンは警告に耳をかたむけるべきだったと思ったが、いまとなっては遅すぎる。

「警告を無視してすまなかった、ベオドゥ」と、ローダン。「夢のつづきはどうだった？」

　ベオドゥは頭翼をかれに向けた。探るようにかれを見つめたようだった。

「それを語るのは賢明ではない気がする、ワキアン」ベオドゥはいった。「きみは解釈しようとするかもしれないし、その解釈はいずれにせよまちがっているだろう。かわりに夢の内容についてのわたしの解釈を話したい。同意してもらえるなら、だが」

「よし、聞かせてくれ」ローダンは、アッタヴェンノクが〝未来の出来ごとへの鍵〟と考える夢のことになると、敏感な反応をしめすのをわかっていて、そういった。ときには本当に実際の出来ごとからかけはなれているとはいえない、驚くような予想が語られることがあった。しかし、その的中率は、夢をそのまま信じられるほど高くはない。

ローダンはベオドゥが見る白昼夢についてまだ説明できなかったし、ベオドゥ自身も説明できないのだった。

「はじめから話さなくては」ベオドゥはいって、短く間をおくと、話をはじめた。

「《レダ》を出て《ジュナガシュ》の司令室に向かっていたとき、現実の環境とならんでほかの環境が見えた。この幻像のせいで、自分が最新技術の船に乗っていると錯覚してしまった。だが、ようやくその意味がわかったのは、亡霊を視る者の船のキャビンについたときのことだった。つまりここの高度な技術こそがほんもので、時代遅れのベングエルの装置は偽りの姿だったのだ。わたしは亡霊を視る者の偽装工作を見抜いたが、正体は暴《あば》けなかった。この白昼夢に囚《とら》われ、わたしはかれの言葉を理解した。つまり、偽のベングエルがわれわれに信じさせたかったのは、いずれもほんものでも真実でもないということだ。この言葉はまったくべつのイメージにつつまれていたが、わたしのこの前の夢のなかでつづいていた」

「それはよかった」ローダンはいった。「これからはアフ＝メテムにだまされることはないだろう、きみが見抜けるのだから。どうしてとまどっている？」

「自分でも、どうして不安を感じるのかよくわからない」ベオドゥは認めた。「この夢は、表面的に見える以上のことを伝えようとしている気がする。イメージのなかに、もっと意味深いものがかくされているかのような。一見、無意味な模様が、視点を変えると、意味がある全体像をあらわす判じ絵のように。いいたいことをわかってもらえるだろうか、ワキアン？」

「そうだな」ローダンは答えた。「だまし絵といったが、夢で見たことを話してもらえれば、力になれるかもしれない」

「死んだ友の夢を見た」と、ベオドゥ。「かれはわたしの現実のなかで死んだ。責任はわたしにもあった。かれの死は、わたしが故郷世界をはなれた理由のひとつだ」

ローダンはベオドゥがさらになにか説明するのを待ったが、アッタヴェンノクは強情に口を閉ざしていた。ローダンは嘆息しながら立ちあがった。友の死について話したくない気持ちは理解できる。かれが、この事件とそれにまつわる罪悪感について語るのはそもそもはじめてだ。ほかの者の場合だったら、この夢を、罪悪感から生まれた潜在意識によるものだとかたづけただろう。だが、ベオドゥは違う……そうはいっても、夢がかならずしもこの状況と関係があるとはいいきれないが。

だまし絵……ローダンはいまはこれ以上、この件で頭を悩ませたくなかった。ベオドゥがもっとくわしい話をしないかぎり、考えつづけても無意味だ。

アフ＝メテムの意図を見抜くには、もっと効果的な方法がある。そのひとつは活発に動き、反応を探ることだ。運命を粛々《しゅくしゅく》と受けとめるつもりなどない。

長く考えず、ローダンは《レダ》にコンタクトした。

＊

すぐにコンタクトはとれた。

「《レダ》、現在の状況はどうだ？」ローダンがたずねる。

「変わりません」ドリフェル・カプセルは応答した。「ベングエルは相《あ》いかわらずわたしに関心をしめさず、イマーゴであるあなたにもっぱら目を向けています。《ジュナガシュ》は、ほかの船やジュアタフ・ロボットとの通信は常時たもっています。ベングエルとジュアタフは、あなたの到着でようやく機が熟したと、飽きることなくおたがいにたしかめあっています」

「かれらにはわたしの状態を知ってもらわなくては」ローダンはいった。「われわれを《ジュナガシュ》まで誘導してくれた、例の〝老賢者〟はどうしている？　居場所はわかるか？　コンタクトはとれるのだろうか？」

「お話ししたとおり、ベングエルにとってわたしは空気と同じようなものです」ドリフェル・カプセルが答える。「ベングエルは宇宙船を目的地までの手段としか考えていません。かれらは、あなたにとってのわたしも同じようなものだと考えています。ですが、きっと老賢者と対話するための準備はできるでしょう」

「まさにそれを期待している」ローダンはいった。「だが、まず、ベオドゥとともにこの主セクターをはなれたい。それをはばむバリアはなさそうだ。とはいえ、探知結果は信用できない。だから、自分自身によく注意していてほしい」

「どうすればいいのですか、ペリー？」

ローダンはピココンピュータに、《レダ》までの距離を計算させた。主セクターの外側から《レダ》の係留位置までは約四百五十メートルだった。ドリフェル・カプセルまで直進ルートを選んだ場合、六つのキャビンを横切る必要がある。そのうちの三つは直径五十メートル、ふたつは七十五メートル、のこりは百五十メートルだった。

逃走経路については、ローダンはまだ確定したくなかった。アフ＝メテムのロボットに追われ、迂回が必要になる可能性は充分ある。ロボットのうち二体はすくなくともここにいる。

「待機状態をたもってくれ、《レダ》」ローダンは命じた。「ピココンピュータがこれから無線コードを送る。だが、行動にうつるのは、ネットウォーカーのコードがとどいてからだ。それが行動開始の合図だ。その後、ベングエルの周波数で警報を鳴らせ。形式の詳細はまかせる。ベングエルに、自分たちのイマーゴが危険におちいったと伝わればいい。最善なのは、直接、老賢者に連絡することだ。わたしの居場所を伝え、助けにきてほしいとたのんでくれ。わたしの考えがわかるか、《レダ》？」

「いまの話を聞けば、だれでもあなたの計画を見抜くはずです」《レダ》は答えた。

「わたしはただ、老賢者がわたしの話を聞いてくれることを願うばかりです。そうすれば、あなたの陽動作戦は……」

《レダ》は話の途中で沈黙した。まるで接続が切断されたかのようだった。ピコンピュータが、十のキャビンがある主セクター全体が通信シグナルを通さないエネルギー・バリアにつつまれたと報告した。

ローダンはとくに驚かなかった。アフ＝メテムが監視していることは想定内だったから。ただ、せめてベングエルに自身の状況を知らせるだけの時間があればいいのだが、と思っていた。

ローダンの目の前の空気が揺らぎはじめ、球形で頭髪がまったくない頭蓋のホログラムがあらわれた。底知れぬ深淵をたたえた黒い眼窩《がんか》から鋭い視線が向けられる。

「そうはいかない、ペリー・ローダン」深く震えるような声がいった。「イマーゴでありつづけ、自身の個をたもちたければ、わたしのゲームのルールにしたがってもらわなくては」

「ルールもわからないのに、どうしたがえばいい？」ローダンは返答した。「休戦の条件を交渉するため、話し合いが必要ではないだろうか」

「まったく同意見だ」球形頭蓋はいった。「担当にきみを迎えにいかせよう。だが、交渉の必要があるとは思えない。ゲームのルールはわたしが決めたのだから」

2

「この領域で高度技術の機器が検出されなかったのも不思議はない、ピコ」ペリー・ローダンはいった。「アフ＝メテムにとっては司令室に送信ステーションがあれば充分だ。そこから主セクターの望みの場所に望みのものをうつせるのだから……受信機は必要ない。フィクティヴ転送機や変換砲と同じ原理だ」

「そうだな、ワキアン」ベオドゥはいったが、〝フィクティヴ転送機〟や〝トランスフォーム砲〟について詳細はたずねなかった。

まもなくピココンピュータが二体のロボットの接近を告げた。

それは、麻酔にかかったペリーとベオドゥを呼んだのと同じ二体だと確認された。

一体はペリーの一・五倍の大きさだったが、それは六本の長い触腕で揺れながら歩いているせいだった。この触腕とはべつに同じだけの数の腕がある。足に使っている触腕は伸縮自在で、長さがほとんど地面までとどいていた。一方、胴体はベオドゥよりも短く、三つの球形に分かれてくびれがあり、中央部がセンサーや言語器官のある〝頭〟だった。

「亡霊を視る者の指示によって、案内のために送られてきました」と、このロボットはいった。

もう一体のロボットはベオドゥよりわずかに大きい程度で、移動や動作の器具だけで構成されているようだった。ペリーは〝十三本脚のクモ〟というようなことをつぶやいたが、実際、このロボットにはベングエルの頭ほどの大きさの胴体があり、そこから放射状に環を描くようにのびる、半メートルほどの関節の多い節があるだけだった。この節を移動や動作のために使っている。移動は曲芸に近い。つまり車輪のように前後左右に転回させるのだ。一点だけ、ローダンは勘違いしていた。十三番めの節だと思ったものはある意味でロボットの〝頭〟で、節の先端のちいさな球体に視覚や探知、対話の装置がおさめられていた。

「きみたちはプログラムを改良されたジュアタフ・ロボットか、それともハウリ人のチトロンか？」ペリーは親しげに質問した。

「われわれはあなたがたの従者です」放射の環のロボットは答え、節の多い五本の腕を同時に動かした。ベオドゥは、それが言葉に合わせた動きだと気づいた。

「きみたちには名前かなにか呼称はあるのか？」ペリーが質問した。

「名前も記号もありません」大型のロボットが返事をした。「いっしょにきてください、亡霊を視る者が待っています」

「わかった、いこう」ペリーは同意した。「ともかくきみたちに名前をつけてもいいだろう？　アダムとツァラトゥストラにしよう」と、クモ型ロボットをさししめしていう。「きみはツァラトゥストラだ」

　ロボットたちは無反応だった。アダムが先頭に立ち、ツァラトゥストラはベオドゥのうしろでしんがりになった。二体が武器をかまえて捕虜の動きを抑制しているかどうかは、外見ではわからない。ロボットの装備の技術の程度も不明だ。ペリーは気にしていないようだった。ネット・コンビネーションのピココンピュータに探らせてもいない。

　ベオドゥはべつの宇宙からきた友をペリーと呼ぶようになっていたが、この親しい間柄の呼びかけが、その鼻づらの先端の唇からもれることはほとんどない。もちろんいまもなお、この友はかれのワキアンなのだ。しかし、友はイマーゴでもあり、それがかなり重要な地位であることに、ベオドゥは気づいていた。ただしペリーはかれのイマーゴではなく、ベングエルやジュアタフにとってのイマーゴなので、イマーゴと呼ぶのは好ましくない。そのため友をペリーと呼び、ワキアンと呼びかけることによって尊敬の念をあらわしていた。

　かれらは監獄のあるキャビンを出て、中心軸と同じ高さにあると思われる長い直線の通廊を通り、ほかのさらに大きなキャビンを横切った。

ペリーはアダムとツァラトゥストラと会話しようとしたが、二体は質問に答えなかった。ベオドゥは、ペリーの声がまるで遠くから響くようにしか聞こえなくなり、不思議に思った。一言一句まで理解できず、ただ話全体の意味がわかるだけなのだ。アフ＝メテムが、《ジュナガシュ》の中心にある十のキャビンに住む大勢のベングエルをどうしたのか、アフ＝メテムはかれらを始末し、追放したのか？　ベングエルの社会で亡霊を視る者はどんな地位にあるのか、などの問いかけがつづいていく。

言葉がますます遠ざかっていった。ベオドゥは、なぜペリーが無意味な質問をするのか、いぶかった。

突然アダムがわきの通廊に入ったが、ペリーはそのまま進んでいった。ベオドゥはロボットが二重になったのに気づいた。一瞬困惑したが、光景が明確になった。つまり、ローダンと、自身が追っていたアダムのドッペルゲンガーが宙に消えたのだ。

ロボットのアダムは二十体ほどのほかのロボットとともに豪華なしつらえの部屋にいた。壁と天井には布がかかり、部屋はカーテンで何重にも仕切られている。すべての布に、ベングエルの占星術のシンボルがあるのが見えた。

部屋には二十名のベングエルもいた。さらにベングエルやジュアタフ・ロボット、あるいはほかの種族の代表といった第三の集団がいるはずだが、カーテンがあってベオドゥからは確認できない……ただしそこにいるということは、物音がしているのでわかる。

うめき声か泣き声か、悲嘆の声か？　それらすべてか、それ以上の声なのだろう。数知れぬ、苦しむ生物たちの声だ。

さらにベオドゥからは見えないが、放射を発している者がいた。まさに原始のエネルギーのようなオーラを感じる……アフ＝メテムだ！

それがわかると、ベオドゥは雷に打たれたように呆然とした。

アフ＝メテムはあらゆる力を駆使して、出自の異なる生物たちをロボットと組み合わせようとする拷問吏だった！　自然に反するような実験をベオドゥは目撃した。詳細もわからないが、こんな実験がうまくいくはずがないことは明白だ。しかし、炎の侯爵がここで犠牲者に施している行為に反感をおぼえる。

ベオドゥはそれをペリーに知らせたかったが、メエコラーからきた友とは隔てられてしまった。

つづいて当然の結果になった。実験はカタストロフィとともに終わった。アダムとツァラトゥストラとベオドゥは、耳には聞こえない爆発に引きずられ、ふたたび歩いている列にもどった。

「どうした、ベオドゥ？」ペリーが心配してたずねた。「心ここにあらずといった表情だが、大丈夫か？」

ベオドゥはこのとき白昼夢を見ていたことにようやく気づいた。すべて現実ではなかった……だが、現実になるかもしれないし、いま見たことが起きたのかもしれない。ただし、かれにはまだこの出来ごとの意味はわからなかった。それでもアフ＝メテムの拷問室への道は記憶に刻まれたから、いつでもここにもどれるだろう。

「大丈夫だ、ワキアン」かれは嘘をついた。一行はアフ＝メテムの司令室を保護するエネルギー・バリアに到達し、構造亀裂を通過した。

*

アフ＝メテムの権力の中枢であるこの場所には、ベングエルを思わせるものはなにもなかった。豪華だが俗悪な装飾はなく……見えるかぎり殺伐とした金属の光る機器があるだけだった。しかし、円形の司令室の壁はほとんどむきだしで設備もなにもなく、その奥に機器や武器がかくされているかどうかも表面的にはわからない。

この冷たさにベオドゥは身震いした。

炎の侯爵自身は〝亡霊を視る者〟として、宙を浮遊する成型シートに腰かけていた。その向かいにも同じような椅子がふたつ、母星をめぐる衛星のように浮いている。

アフ＝メテムはゆったりした衣服の袖をめくり、毛深くて長い腕を突き出して、そこをさししめした。

「ようこそ、慎ましやかなわが住居へ。亡霊を視る者としてのわたしの地位にはまるでふさわしくないところだが」炎の侯爵は甲高《かんだか》いベングエルの声でいった。「しかし、この三層の衣を着て、すくなくともある程度の体裁をたもたなくてはならないとは、まったくうんざりだ」

ベオドゥはペリーにつづいてしめされた席についた。腰をおろしたとたん、シートがうしろの壁まで浮遊していったのは、かれの存在がいかにちいさいか明らかにするためだったのだろう。だが、それは注目されたくないベオドゥには好都合だった。

二体のロボットはほとんど音を立てることもなく引きさがっていった。

「では、ベングエルにおいて亡霊を視る者の地位はどんなものなのだろうか？」ペリーは質問した。

「わたしを特別な存在にしているのは、名前ではなく外見だ」アフ＝メテムは答えた。「わたしのような大きさのベングエルが生まれるのはきわめてまれだ。おまけに、ベングエルが聞きたいことを語った預言者として登場した」

「なぜ、わざわざそんな苦労を？」ペリーはたずねた。「ヘクサメロンの侯爵には、ハンガイの下層民たちと時間をつぶすよりほかに、もっと重要なことはないのだろうか？」

亡霊を視る者はからだを伸ばし、シートの背もたれを低くして、からだ全体が見えるようにした。身長はペリーとほとんど変わらず、ベングエルとしてはかなり巨大だ。体毛はほかのベングエルよりもかなり黒味の強い黒褐色で、黄土色の頬髭《ひげ》と、うしろになでつけられた同じ色の頭髪と強いコントラストをなしている。

顔は平均的なベングエルらしいものだが、頭蓋が不釣り合いに大きい。そのなかで大きな黒い目だけが異物のようで、視線は冷たく、細かく分析しているようだった。

ベオドゥはあえてこれに反応をしめさなかったが、かれのワキアンはこの視線に打ち克てると確信していた。

亡霊を視る者はいった。

「イマーゴの噂はよく聞いていて、一度知り合ってみたかった。きみがどうしてベングエルやロボットたちを魅きつけ、神のように崇《あが》められているのか、その理由が知りたかったのだ。だから、ここに招いた」

「どうやら客のもてなしについての考え方が、われわれとは異なっているようだな」ペリーは返事をした。「だが、こんな屁理屈はやめて本題に入ろう。われわれはなぜ、あなたに捕らえられているのか？　望みはなんだ？」

「それについては説明ずみだ……きみが信じようが信じまいが」と、亡霊を視る者はいった。「きみの命を狙っているわけではないというのは保証する。ほんものの教えにきみを無理にでも改宗させたいのだ。わたしは暴力には反対だ。暴力は弱さの証《あか》しだからだ。暴力にたよるのは極端な緊急事態か、問題にどうしても対処できなくなった場合だけだ。一方、きみはイマーゴとして、あるいはそれ以外の点でも、非常に興味深い。きみのことは敵ではなく、潜在的な味方だと考えている。きみは賢く、宇宙論に精通し、観点はややゆがんでいるが、正義感もある。観点については修正できる。そして、強いカリスマ性がある。さらに讃辞を述べようか？」

「むしろ、具体的にあなたの考えを教えてほしい」ペリーはいった。「こちらは反対に、ヘクサメロンがどうしてわたしの敵になったか、理由を列挙するまでもないだろう。事実を見れば、わかるのだから」

「その話はまたべつの機会にしよう……時間は充分にある」と、亡霊を視る者。「いま、ゲームのルールを伝える。それがすんだら解放する」

　ベオドゥは、アフ＝メテムが自身のことを無のようにあつかい、完全に無視していることは気にしていなかった。イマーゴであるペリーにくらべれば、かれはたしかに何者でもない。しかし、このとき、自分のなかでまどろんでいる夢みる力をうまく活用できれば、まだワキアンの役にたてるとわかった。

　しかし、コスモヌクレオチドのパラ現実を抜けてドリフェルを放浪してからというもの、奇妙な体調不良を感じていた。さらされたプシオンの影響で、精神がかき乱されている。夢想家という力を、これまでも意識して操ることができなかったが、いまは完全にコントロールできなくなっていた。解釈もできない白昼夢におそわれることが増え、精神が混乱するばかりだ。

　今回は、アフ＝メテムが亡霊を視る者としてペリーに語っている話に集中することもむずかしくなってきた。亡霊を視る者の仮面の裏を見ようとする強い力が自身のなかで働いているような気がする。ベオドゥは炎の侯爵の肉体的な姿の内側をのぞくことができたが、そこにはなにもなかった。ただ闇があるだけ、絶対的な暗闇で、解釈できるような印もない。

「わたしは、ベングエルとジュアタフにかれらのイマーゴをたもってもらいたい」亡霊を視る者がそういうと、偽のベングエルの甲高い声が、またベオドゥの精神にはっきり入ってきた。「かれらはなによりも、集《つど》う場所を見つけ、〝成熟の時〟を味わうことだけを望んできた。いま、かれらは目的地に到達し、すべての望みがかなうのも目前だ。だからわたしはそこに介入したり、かれらの希望をつぶしたりしたくない。それがわたしの正直な気持ちだ、ペリー・ローダン、その証しも見せられる。わたしはきみを、きみの支持者たちにゆだねる。きみはいつでもかれらと話せるし、わたしはそれを要求する。それがゲームのルールのひとつだからだ。そうだ、たまに客を招いてもいい。ロボットだろうが下層民だろうが、きみ自身で決めていい。想像しうるかぎり、自由な状態だ」

「それだけの優遇措置には、なにか引き換えにするものがあるのだろうな？」ペリーは確認した。

「もちろん条件はつけなければならないが、受け入れてもらえるだろう」亡霊を視る者は、ペリーに選択権があるように尊大に答えた。「もし、逃げようとしたり、自由を利用してきみの支持者をわたしに歯向かうようにそそのかしたりしたら、こちらは強硬な手段にたよらざるをえないだろう。わたしの友好的な態度を、弱さだと解釈するようなまちがいはおかさないでもらいたい。わたしを挑発しないほうがいい」

「自身の目的のためにわたしを自在に動かせると、本気で思っているのか？」ローダンはいった。「わたしはなにもしないし、わたしの信条に反することをベングエルに伝えることもしない」

「自分らしく、イマーゴらしくあってほしい」亡霊を視る者は両腕をひろげながらいった。「イマーゴをもとめる何百万もの者がきみについている。説明した方針にしたがうだけで、どれだけの優遇措置があるか、驚くことだろう。このテストをどう利用するかはきみしだいだ。しかし、もし拒否するのなら、暴力や残酷なことがあってもわたしに責任を押しつけて責めないでくれ。きみの手に、きみの支持者と、自身の運命がかかっている」

「これは、まぎれもない脅しだ」ローダンはいった。

「さあ、出ていってくれ」亡霊を視る者はいった。急に不安そうな表情になり、自分に迫る目に見えないエネルギーを感じたかのように、疑り深く周囲を見まわしている。

ベオドゥは、自分にもよくわからない理由から責任を感じ、なにもしていなかったのにもかかわらず、アフ＝メテムが、自分がエネルギー源だと見抜かれるのではないかと不安をおぼえた。

とうとう亡霊を視る者は成型シートから跳びおり、客に背を向けた。二体のロボットが入ってきて、ペリーとベオドゥをアフ＝メテムの司令室から連れ出した。

ベオドゥがやっと安堵の息をついたのは、宿舎にもどってからのことだった……ペリーとふたりきりになりたくてしかたなかったが、ペリーはロボットを引きとめて確認していた。

「わたしの質問に答えられる状態か？　それともプログラムでそれは禁じられているのだろうか？」

「わたしはあなたの従者です」アダムが答えた。

*

「それはすばらしい」ペリー・ローダンはいった。「わたしの従者として、きみはわたしの命令にすべてしたがうのだ、いいか？　それともアフ＝メテムから、ほかに優先すべきものが設定されているのだろうか？」

「そのような名の者には、わたしに関する決定権はありません」アダムは答えた。

「アフ＝メテムという名を知らないのか？」ペリーは質問を重ねた。

「わたしはあなたにしたがいます」と、アダム。

「無条件で？」ペリーは確認した。

「あなたの権限内であれば、無条件で、イマーゴ」ロボットは断言した。

「〝わたしの権限内で〟というのをどう思う、ベオドゥ？」ローダンは楽しそうにアッタヴェンノクに声をかけて、うながすようにいった。「さあ、同じように自分のロボットに要求するのだ。そのためにここにロボットがいるのだから」

　ペリーにはなにか意図があるのだろうと、ベオドゥは感づいたが、その真意までは悟れなかった。

「やってみたいが、なにをたのめばいいかわからない」ベオドゥはとほうに暮れた。

「ワキアン、助言をもらえないだろうか？」

「どうやら、ここをしばらくわが家にするしかなさそうだな」ペリーはため息をついた。

「だから、このキャビンに多少手を入れて、われわれがすごしやすくしてもいいだろう。これはアダムとツァラトゥストラにとって、立派な仕事だと思わないか、ベオドゥ？」

「それはいい考えだ」ベオドゥは賛成して、放射の環のロボットのほうを向いた。ワキアンの狙いはまだわからないが、ヒントを得たい。「ツァタラトゥ……ツェットと呼んでもいいか？」

「それがわたしの呼称コードになるのでしたら、したがいます」ロボットが答える。

「われわれはここで快適にすごしたい」ペリーは話しはじめた。「まず、わたしの権限内の全十隻の船の図面を用意してくれ、アダム。それは可能だろうか？」

「ご指示にしたがいます」と、ロボット。

「よろしい」ローダンは両手をもみ合わせた。「すべての空間を記すだけでなく、内部の機器についても、その目的や操作方法まで記載するのだぞ。完全な、だれにもわかる取扱説明書だ。できれば、ハンゴル語のをたのむ。そのような詳細な船の図面を用意できるだろうか、アダム？」

「ご指示にしたがいます」アダムはその場から動くことなくいった。

「なにを待っている？」ペリーはたずねた。

「もっと詳細な指示が必要です」と、ロボット。

「どんな指示だ？」ペリーは怪訝《けげん》そうに聞いた。

「いつ、どのようなかたちでおわたししましょうか？」ロボットがいう。「あなたのスーツのピココンピュータに図面を保存することもできますし、印刷したり、あなたの司令室のスクリーンに表示したりすることも可能です」

「わたしの司令室のスクリーンに……」ペリーは唖然としてくり返したが、すぐに冷静さをとりもどした。「最後に提案された方法が迅速に進んで、都合がよさそうだ。では、わたしの司令室に案内してくれ、アダム」

「ご指示にしたがいます」ロボットは答え、六本の触腕で動き出した。ペリーはあとをついていき、ベオドゥのそばを通ったときに、こういった。

「この間にツェットと、われわれの生活空間をどうあつらえられるか、方法を相談してみてほしい、ベオドゥ」

「居心地のいいわが家をつくりあげよう」ベオドゥはペリーの計画を悟り、約束した。確実に監視機能があり、アフ＝メテムと通信でつながっていると思われる二体のロボットを忙しく動かし、注意をそらすのだ。しかもベングエル船の図面を入手できそうなので、機器を使用するチャンスもあるかもしれない。

「ツェット、船を案内してくれ！」ローダンたちが出ていくと、アッタヴェンノクはロボットの従者に指示をした。「まずは全体を把握したい。隣接する部屋を見てまわろう」

ベオドゥは天井の低い扉を抜けて歩いていった。通廊でロボット従者のほうを振り向いたとき、自分がいたところにペリーがいるのが見えた。メエコラー出身の友は、扉にぶつからないように頭をいくらかさげなくてはならないようだった。

アフ＝メテムのところに向かうときには気づかなかったのに、いまようやく気づくとは奇妙だ、とかれはさらに考えた……しかしもっと奇妙なのは、ツェットがいた位置にペリーがきたことではないか？

ペリーは司令室に向かったのに、テラの友がなぜ目の前にいるのだ？　一方、ペリーには、こちらが見えないようだ。まっすぐ向かってきて、かれを通り抜けようとしている。この信じられないような実体のない接触があったとき、ベオドゥにペリーの思考が聞こえた。

〝……ベングエルの派遣団と遭遇したら、わたしは老賢者にかならずひそかに手がかりをわたさなくてはならない。ベングエルは知るはずだ……〟

ペリーは、溶けて無になった。ベオドゥは、その意図にまったく気づかないままツェットにいった。「亡霊を視る者がくる前、おまえはいったい何者だったのだ？　前もかれの道具だったわけではないだろう？」

ツェットは節のある触腕をすこし引っこめて、扉を通過して回転していた。いま、その腕を長く伸ばし、ベオドゥが見あげるかたちになった。ツェットはパニックにおちいったかのように、まったく違う声で叫んだ。

「わたしたちは孤独で、孤独のうちに死ぬ！」

ベオドゥの背後で突然騒ぎが起きて、振り向くと、信じられないことにベングエルの一団がこちらに向かってくるのが見えた。

＊

それは〝老賢者〟、ジュナガシュ＝ベングエルの長《おさ》だった。一団をひきいて通廊をこちらに向かってやってくる。

老賢者が《レダ》のペリーを映像通信で呼び出したとき、ベオドゥは一度、この老賢者を見たことがあっただけだったが、すぐにこの相手に気づいた。

老賢者は、まだツェットのうしろについていたベオドゥの横を走り抜けた。ベングエルたちによって、ジュアタフ・ロボットは、ベオドゥとペリーが宿所とする六角形のキャビンに押しもどされた……この〝いま〟は、ベオドゥが体験している出来ごとの前のことなのだろうか、それともこれからのことなのだろうか？

「ここが集結の地であることは、星から読みとれます」ツェットは自分を押してくるベングエルたちにいった。「そしてわれわれは全員、同志のビルゲロンがイマーゴに会い、イマーゴが〝成熟の時〟を告げるためにここに到着するのを知っているということを、わかっています。ただし、われわれはもはやそれを見ることはできません。同志たちよ、われわれは孤立と孤独のなかで滅びていくのです……」

過去から生じたと思われるこの光景が、暗闇につつまれた。ツェットの言葉からペリーがまだ乗船していないことが明白だった。

ベオドゥの足もとから床が消えた。からだが浮遊しているようだ。なにかが自分を暗闇に運んでいく。そこは夜目がきくアッタヴェンノクでさえも、先の見通せない闇だった。

この動きは実際に感じるというより、ぼんやりとした予感をいだかせるような動きだった。じゃまをする障害物もない。おそらく部屋を通過しているのではなく、精神が時間を旅しているのだろう。

その後、落下し、やわらかな沼のような地面に腹ばいで着地した。目にうつるのはぬかるんだ岸辺と、曲がりくねった木の根元に生えるまばらな草だった。木は梢の部分で枝がからみあい、針状の葉がびっしりはえている。

ベオドゥは水分がからだに浸みこむのを感じ、寒さに凍えた。息づかいが荒くなり、のどに湿りけを感じた。頭翼をまわして、目をうしろに向けた。そこで自身の全身が沼に横たわり、鼻づらの先端の口と目のある部分だけが水面から突き出ているのが見えた。

からだを引きずるように岸に向かい、ずぶ濡れの肩かけを絞った。

ドゥファーソンの地は昼間だった。ウンブリルが空で輝いている。ひとつの影が母なる星の光をさえぎった。空気は熱かったが、ベオドゥはまた寒さで震えた。顔をあえてあげずに、目を強くつぶる。

「さあ、疲れきった友よ、泳ぎはたっぷり味わっただろう」聞きおぼえのある声が母国語でいった。発音は明瞭で、ノイズもまったく入らない。つまり話し手が半生体トランセサイザーを装着していないということだ。声はつけくわえた。「急に高慢ちきになったね……」

そのあとの言葉はもはや理解できなかった。

かれはこういいたかった。「おまえは死んだんだ、オンドルム、そのままでいるんだ。これ以上、わたしを苦しめないでくれ」そういいたかった。しかし、実際に出せた声は機器で設置した言語器官のトランセサイザー振動板から響く異人の言語、自身にも理解できないような未知の言語だった。

このとき気づいたのは、これが千の湖がある土地の夢のつづきで、その夢は沼にはまって終わったということだった……そしていま、かれは水面と生命の反対側、不合理な世界にいて、そこで遠くはなれて言葉も通じず、意志も伝えられない死んだ友と出逢ったのだ。ここは自身の言葉もわからないほど、まったく逆さまの世界だ。いつ、自分の思考をたどれなくなるだろう？

不安に襲われ、滑りやすい地面にからだが押しつけられる。全身の力をふりしぼって頭翼を持ちあげ、死んだ友を見るようにしなくてはならない。これが狂気のはじまりに対抗する唯一の方法だと、最後にのこっていた明瞭な思考で自身にいいきかせる。

ベオドゥはからだを起こし、死んだ友の前に立った。オンドルムは口の先端の唇をまるめ、片腕で地平線をさししめした。ドゥファーソンの地のはるかかなたで、判然としない地を。オンドルムはベオドゥの手をつかみ、未知の目的地に向かって導いた。

おたがい長いあいだ、千の湖の地をさまよった。岸辺から鏡のようになめらかな水面を眺めると、いつも万華鏡《まんげきよう》のように動く光景が見えた。

まるで異なる次元や時代の世界を同時に見ているかのようだった。その光景は一瞬一瞬で崩れては変わっていくので、その光景を記憶にとどめ、精神的に判断することもできない。

同時に発生したふたつの情景だけは、記憶にのこった。自身とペリー、アダムとツェットの二体のロボットが、《ジュナガシュ》の内側セクターのキャビンを歩いていて、キャビンが変更されるのが見えたのだ。扉が移動され、ベングエルの備品から設備が運ばれ、適切に配置されていく。同時にベングエルとジュアタフがアフ＝メテムの拷問を受けて苦しむ姿が見えた……しかしその光景はとてもぼんやりしていた。

死んだ友に導かれドゥファーソンの地をあとにするまでに、数日がたったにちがいない。いま目の前にひろがるのは濃い霧につつまれた土地だった。

オンドルムはベオドゥに向かい、なにか理解できないが、約束に満ちたようにひびく言葉をいった。その不可解な言葉に、ベオドゥは不安をいだいた。

話しながらオンドルムはどんどん近づいてきて、鼻先が触れ合うほどになり、ふたりの目があった。

この瞬間、オンドルムがしだいにべつの者に変わっていった。

死んだ友の顔が、べつの友の顔になる。この非アッタヴェンノクの顔はにやりとしていた。それはベオドゥになじみのある、親しみを表現していると考えられる異人の仕草だった。

「ずいぶん恐ろしい悪夢で苦しんだのだろうな」ペリーはいった。「また死んだ友の夢だったのか？」

このときベオドゥは、まずは夢から逃れられたのだと悟ったが、寝台で横向きになり、奥のペリーの部屋を見たときには、べつの悪夢にとらえられたのかと思った。

そこはまったく見知らぬ空間だった。アフ＝メテムに指示された、ベングエル船内の殺風景《さっぷうけい》なキャビンではない。ヴェンの大富豪の豪華な寝室だった。

「数日間、あくせく働くはめになったが」ペリーは微笑した。「だが、その価値はあった。これで、牢獄もくつろげる場所になっただろう」

数日間……と、ベオドゥは思った。そんなに長く夢を見ていたのか？

3

ペリー・ローダンは、驚きを深めながらベオドゥの話を聞いた。しかし、同時に、アッタヴェンノクに対する心配も大きくなっていた。ドリフェルでプシオン負荷に襲われたさいに、劇的な副作用があったようだ。ベオドゥはローダンの隣りで改装作業に手を貸していたのに、夢を見ていたようだというのは、ほかにどんな説明がつくだろうか。

現実の出来ごとなのに、ベオドゥは夢の断片としてしか記憶していない。

友の記憶の隙間を埋めるため、かれはこの四日間の経過を話した。

「アダムとツァラトゥストラ、つまりツェットは、本当に精力的に働いてくれた」ローダンはいった。「ベングエルの倉庫で、きみの条件にあう設備まで見つけてくれた。遊民がかつて住んだヴェンノクの世界のものだろう。新しい部屋では快適にすごせるだろう」

「それで、きみは、ワキアン？」ベオドゥはたずねた。

「わたしはテラナーがくつろげるような自分の部屋を用意した」ローダンは答えた。アダムがつくった目録のおかげで、ヒューマノイドが使えるような日用品がかなり集まっていた。

「つまり、この宇宙船の技術的な設備について、なにか利用できそうなことはわかっただろうかと訊きたかったのだ」ベオドゥはいった。「アダムは要求した図面を用意しなかったのか？」

「いや、用意してくれたが使えなかった」と、ローダン。「アフ＝メテムは中央のセクターを絶対的に管理している。外部の司令室はまったく機能していない。通信や制御施設の分配機はすべて封鎖されている。おまけにほとんどすべての機能がワイヤーを基盤にしていた。きわめて古い原始的な技術で、われわれには役だたない」

「《レダ》とのコンタクトは？」ベオドゥがたずねる。「あるいは、ベングエルやジュアタフとは？　脱出計画はあるのか？」

　ローダンはこれらの質問にすべて〝否〟と、答えなくてはならなかった。アフ＝メテムともコンタクトできていない。直接的な手段がないのだ。炎の侯爵はネット・コンビネーションの通信機の呼びかけに返事をせず、ロボット従者のアダムを通して送ったメッセージにも応答しなかった。

　ローダンが居住空間の改装に忙しくしていて、ほかのことに取り組むひまがないのをアフ＝メテムは、よろこんでいるようだった。ローダンは、この作業療法の意味を見抜いていた。しかし、いまできるのはアフ＝メテムに対抗するための知識を得ようと情報を収集することだけだ。この点では、かなり精力的に取り組んできたが、成果はなかった。

はじめは二体の従者ロボットのプログラムも修正できるのではと期待していた。しかし、二体はかれがすぐそばに接近するのを許さなかった。

「目下、牢獄から脱出するチャンスはない」ローダンはいった。「得られたデータはすべてピココンピュータに保存し、計算した。しかし、結果はまるで希望のもてないものだった」

「あきらめきったような言葉だな、ワキアン」ベオドゥは失望した。「そんなきみは見たことがない。これまでともに危険をかいくぐってきたが、きみはつねに解決法を見つけて、危険を克服してきた」

「ヘクサメロンの重鎮を相手にするのははじめてだ」ローダンはこの言葉ですべてが説明されたかのようにいったが、たしかにそれがすべてだった。「アフ＝メテムはハウリ人とはまったく異なる権力手段を持っている。われわれは今回、特別な努力が必要だ、ベオドゥ」

「わたしを仲間に入れてくれて感謝する」と、ベオドゥ。「精いっぱい、援助する。わたしの夢も解決への糸口になるかもしれない。重要な意味を感じているのだが、まだその奥にひそむ意味が理解できていないのだ」

ローダンがちょうどアッタヴェンノクに自分の夢についてたずねようとしたとき、左側にホログラムが浮かびあがるのを目の端でとらえた。すぐに底知れぬ眼窩のある頭髪のない頭蓋があらわれた。

「どうだ、ペリー・ローダン、そろそろイマーゴが、保護を受ける者たちの世話をする頃合いではないか」映像がいった。「かれらはきみのことを心配しはじめている。だから、話しかけてやらなくては。きっと感謝されるぞ」

この力強い声に嘲笑の響きはなく、感情がないように聞こえた。

「いままで残念ながら、自分のことで忙しかった」ローダンは答えた。「しかし、せっかく思い出させてもらったから、わたしもイマーゴとしての義務をはたさなければならないと考えている。スピーチの準備をして、準備ができたら知らせる」

「準備など必要ない。すぐにスピーチをはじめるのだ」声が硬く、決然としたものになった。「すでに全域通信装置できみのことを発表した。数百万もの者たちが偉大な瞬間を待ちわびている。名声に傷をつけるな。支持者たちに自分がどれだけ雄弁か見せるといい。だが、饒舌《じょうぜつ》すぎてはならない。この機を利用して、イマーゴ中毒者たちを、亡霊を視る者に敵対させようとすることなどないよう。きみにとって得策ではなく……ましてや、きみのちいさな友のためにもならない」

「おびえることはない、ワキアン」ベオドゥが勇ましく小声で呼びかけた。「わたしのことは心配無用。正しいと思うことをしてほしい」

「まったく驚くことばかりだ」ローダンは異議を唱えようとしたが、この言葉は嘘でもなかった。この状況にそなえ、ベングエルとジュアタフに、なにか秘密のメッセージを伝えられるといいのだが。あるいはアフ＝メテムのまぎれもない脅迫を無視して、危険をかえりみず全力で進むべきだろうか。「なにを話せばいいのかさえ、わからない」

「聴衆にとって内容はどうでもいい。肝心なのはきみの声を聞くことなのだ」ホログラムはいった。「すぐにスピーチの放送だ。わたしの指示に注意するように！」

*

アフ＝メテムの姿のプロジェクションが消えた。エネルギー・フィールドがグリーンに光るとひろがって、ローダンのほうに向かってきて全身をつつみこんだ。ローダンは周囲がベールごしにしか見えなくなり、外部の音も聞こえなくなった。

数秒間、まわりはしずまりかえっていた。ピココンピュータとコンタクトして構造を分析しようとするが、通信もできない。

「さあ……話すのだ！」アフ＝メテムの声が入りこんできた。

同時に背後から不明瞭なざわめきが聞こえてきて、大勢の声がとびかう喧騒《けんそう》になった。

ローダンは、あちこちから自分を呼ぶ、目に見えない群衆にとりかこまれているような感覚をおぼえた。

声は興奮と期待に満ちていた。ハンゴル語やカルタン語の単語やフレーズの一部が聞こえてくるが、意味を理解できるほどではない。しかし、見えない群衆の望みは、言語を聞きとるまでもなく、伝わってきた。ひとつの言葉が、大勢の声でくり返し響いたから。イマーゴ、と。

ローダンは、ベングエルやジュアタフ・ロボットが、自分、つまりかれらのイマーゴの消息を知ろうと、宇宙へ、そして《ジュナガシュ》へ、必死に通信を送る姿を、まざまざと想像できた。乗員数百万規模の船でさえ、かれの運命と居所についてとほうに暮れたベングエルたちが調査をしていたのだ。

数百万もの絶望しきったイマーゴ中毒者たちの幻想がとても印象的で、ローダンはかれらになぐさめになるような、生きている印を見せることにした。

「こちら、イマーゴ」かれは明朗な声で呼びかけた。

この瞬間、喧騒がしずまり返った。死を思わせるような突然の静寂に不安を感じる。しかし、それは長くはつづかなかった。イマーゴ中毒者の聴衆たちがうれしい驚きを味わった束の間のあと、ふたたび呼び声があがったのだ。

「イマーゴ！　イマーゴ！」

さらに大きな集団が生まれ、リズムのそろった叫び声があがった。しかし、こんどの声は感情にあふれ、よろこびと安堵がくわわっていた。ペリー・ローダンがふたたび声を発すると、叫び声はすぐにしずまった。

「忠実な友たちよ！　こちらは、きみたちのイマーゴだ！」

今回は歓声は短く、すぐにやんだ。

「長いあいだ待たせざるをえず、すまなかった」ローダンは話をつづけた。「しかし、ナコード・アズ・クールを抜ける苦難の旅のあと、わたしには再生のための長い休みが必要だった。いま、わたしはふたたび力をとりもどし、以前と同じように話すことができるようになった。わたしを気づかうきみたちの気持ちに心を動かされた。わたしの姿を見てほしい、すべて順調だとわかってもらえるだろう。わたしはいま、《ジュナガシュ》の船内にいて、亡霊を視る者の庇護下にあり、まったく不自由はない」

ローダンはすこし間をとって自身の言葉の効果を確認し、同時に、この間を利用して考えを整理した。急転直下の展開でスピーチをすることになってしまったが、それは一面的な問題だ。もうひとつの大事な点は、ようやく意志を表明できるようになったということだ。炎の侯爵からは文字どおり脅されているが、このチャンスを逃したくはない。一言一句をよく検討し、イマーゴ中毒者のジュアタフやベングエルに訴え、同時にアフ＝メテムの不審を引き起こさないようにしなくてはならない。

「長いあいだ待たせざるをえなかった」と、いう言葉に、最初のちいさな暗示がこめられている。亡霊を視る者にここで疑念をいだかれていたら、すぐに次の言葉でその意味を打ち消さなくてはならないところだった。

「つづきを！　もう待ちくたびれました！」見えない聴衆のなかから、まとまった声が響く。「〝成熟の時〟は近い。われわれはその時と、あなたを待っていました」

　あふれる興奮に心を打たれ、ローダンは数秒間、アフ＝メテムの捕虜としての本来の問題を忘れかけた。

　ペリー・ローダンは気をとりなおした。

「いいときがあれば悪いときもあるものだ、友よ」声をさらに張りあげて話をつづける。「悪いことに気づけるかどうかは、きみたちひとりひとりにかかっている。幸福のときは近い、〝成熟の時〟だ。しかし、わたしだけを信じてはならない。きみたちひとりひとりが必要なのだ。ひとりひとりが真実に気づかなくてはならない。幸福はひとりでにくるわけではない。イマーゴも、敵にさらされることもあるのだ」

　具体的なことはなにも話さなかったが、いまの言葉はすでに明確な暗示だった。聴衆の反応はむしろ冷めていた。まるでいやなところを突かれたかのようだった。

「きみたちはただ強いだけではなく、用心深いはずだ」かれは話をつづけた。「何世代にもわたって、あるいは生まれてからずっと持っている忍耐力をさらに強くしなければならない。いまだ多くのことが混乱状態にある。しかし、弱気になってはいけない。われわれは全員で、同じ成就を経験するのだ。あなたがたひとりひとりが自身の強さを証明すれば、そのときがくるのも早まるのだ」

こんどはまたさらに大きな歓声があがった。イマーゴ中毒者に必要なのは、まさに呼びかけとはげましだった。かれらの妄想のなかで、亡霊を視る者に対する疑念を引き起こすのはきわめてむずかしかった。

ペリー・ローダンはこのことに気づき、さらにはっきりと、しかし、同時に巧みに警告をひそませようと決めた。

「はるかかなたから近隣まで無数の星々からきた、わが忠実な者たちよ！」意識的にヘクサメロンに見られる混沌としたいいまわしによせて話しかける。「われわれは共通の道を歩む。目的地は近いが、まだ遠くはなれている。過去の言葉をおぼえているだろうか？　ジャレム・イクト・テンソール！」……これが、ローダンが適当に選んだ、完全に意味のない空疎な言葉だということは、かれしか知らない……「われわれはわれわれの道を歩む。忍耐と希望、よろこびとともに生きる。それとも〝プジャストレモム・タン・オンタースプ・ヴェーム？〟」……これも意味のない言葉だ……「強者だけが永遠につづく。そして〝ウジャスト・ゴリム＝マール・エテル？〟」

こちらはソタルク語なので、すくなくともジュアタフ・ロボットは理解するはずだ。

〝わたしは捕らえられている！〟という意味だ。

「理解してもらえるだろうね？」今回は偽りの言葉でかくすことなく本心から問いかけた。目に見えない者たちの歓声と、イマーゴに対する調子のいい呼び声が、唯一の答えだった。いまはこれ以上は望めないだろう。

影のようなぼんやりした周囲から、亡霊を視る者の象徴的な頭部があらわれた。大きな目が強大に感じられる。いらだって、点滅している。

「きょうのところは充分だろう！」テラナーは感情のない声でいった。「しばしの別れの言葉を最後に伝えたい。ひとつだけでいいだろう。ウジャスト・ゴリム＝マール・エテル。理解してもらえただろうか？」

意識下に聞こえる脅迫が無視できなくなっている。

「では、じきにまた、忠実な者たちよ」ペリー・ローダンはおとなしくいった。「あなたがたのイマーゴは、すぐにまたあらわれる。それまでは辛抱してくれ！　わたしはあなたがたとともにいる！　また話をしよう！」

頭の記号が消えた。イマーゴ中毒者のベングエル、ジュアタフ・ロボットとのコンタクトは終了した。宿所内の環境が、ふたたび完全に現実のものになった。

ベオドゥは意気消沈してテラナーのほうにそっと歩いてきた。

「なにもわからなかった」ちいさなアッタヴェンノクは嘆いた。「なにがあった？　あなたの声がまるで聞こえなかった」

「また夢を見ていたのか？」ローダンはなだめるように友に手をやったが、友はからだをはなした。

「違う、ワキアン」ベオドゥの表情は真剣だった。「今回は違う。夢と現実の区別がつかないこともときにはある。しかし、現実とはなんだろうか？」

「わかった、友よ。すみでくつろごうじゃないか」テラナーは、ロボットの力を借りて見つけた場所をさししめした。テーブルなどがあり、わきには驚くほど多様な食糧や飲料の自動供給装置がある。

ベオドゥは、メエコラーの友が自分に話があるのを悟った。軽く混乱した状態だったが、これを歓迎した。そこで臆病そうに肢を動かし、ローダンがアダムとツァラトゥストラと命名した二体のロボットをさししめした。アッタヴェンノクにとってこの長い名前は複雑すぎたので、ツァラトゥストラをたんにツェットと呼んでいたが。

両ロボットはふたつの出入口のあいだでしずかに立っている。一方はベオドゥの部屋で、もう一方は宇宙船のキャビンにつながる通廊に通じている。

ペリー・ローダンはこの仕草を理解した。

「いまは用事はない」と、アダムとツェットに声をかけ、両腕を振る。「われわれは休みたい。必要になったら連絡する。すぐにわれわれだけにしてほしい」

両ロボットは無言で姿を消した。

ふたりは腰をおろし、ローダンは軽食と清涼飲料を手にした。ベオドゥは期待をこめてかれを見つめた。ローダンは空腹のようには見えない。

「二体の金属塊が近くにいなければ」テラナーは話しはじめた。「これはほとんど無用だったろう。おそらくアフ＝メテムがわれわれの話を逐一聞いている。しかし、それは問題にならない。これまでかれに対してすべて手の内をかくすことなく進めてきた。だから、このままでいい」

つづいてイマーゴ中毒者のベングエルとジュアタフ・ロボットに話しかけたことをちびのアッタヴェンノクに話した。さらにソタルク語でさしはさんだ言葉についても説明した。いずれにしてもアフ＝メテムはそれを聞いたからこそ、演説の中断という反応をしめしたのだろう。

ベオドゥは一度もさえぎらずに話を聞いた。ただ何度かかぶりを振り、ローダンが黙ると、考えながらいった。

「わたしは夢を解釈しようとしている。夢と現実の出来ごとをどうにか結びつけたい。しかし、うまくいかない。すべて支離滅裂なのだ」

「白昼夢と現実とがつながっていなくてはならないのか？」

「当然のこと」ペリー・ローダンは、自分がちいさな友人を侮辱してしまったことに気づいた。「みずから白昼夢を見ているわけではないが、深い意味もなく見ているわけでもない。その点はとっくに気づいていてもらっていなくては困る」

「当然のことだな」テラナーはアッタヴェンノクをなだめた。「そんなつもりではなかった。わたしがいいたかったのはただ、きみの夢がかならずしもイマーゴ中毒者と関係があるとはかぎらないということだ」

「それはべつの話だ」ベオドゥは憂鬱《ゆううつ》そうにつぶやいた。

「きみはある種のプシオン・ショックを受けた」ペリー・ローダンは推測した。「ドリフェルの迷宮を突き進まなくてはいけなかったときのことだ。おそらくそこでなにか不可解なものがきみにうつり、そのせいで白昼夢を見るのだ。きみは変わったのだ、友よ。自分がそれを信じたくないとしても」

「その話はきっと真実だろう、ワキアン。問題はただ、わたしがそのすべてを理解できていないこと」

「それはいずれわかるだろう。それは約束する。ただ、落胆しないでほしい。白昼夢を体験したら、わたしと共有してくれ。いっしょに解決策を見つけるのだ」

「自信がよみがえったのか？　うれしいことだ」

「それはいまも昔も変わらない。アフ＝メテムは、これまでにない規模の大きな新しい問題をわれわれに突きつけてくる。わたしの見立てでは、その罠を見抜き、対応するにはより多くの時間がかかるだろう。時間はある。たとえ不本意なかたちで押しつけられたものだとしても」

「亡霊を視る者の望みはなんだろう？」

「まだわからない。だが、見つけ出す」

4

状況は不透明だった。とくに炎の侯爵の目的についての詳細な情報が不足している。アフ＝メテムは愛想がよく、ほとんど気さくである一方、徹底してきびしく無感情だった。

その真意は謎の霧につつまれていた。ヘクサメロンの権力者が自分を排除しようとしたなら、ペリー・ローダンにとってはそのほうが理にかなっているといえた。六日間教義に対する嫌悪感を、メエコラーからきた男はまったくかくそうとしていなかったのだから

アフ＝メテムの態度で、ローダンの不審はさらにつのった。とくに炎の侯爵が、かれとアッタヴェンノクをヘクサメロンの教えに改宗させようという行為をまったくしなかったことがやけに奇妙だった。ハンガイのほかの場所では、この狂気の教えを信じる中毒者たちはそれほど弱気ではなかった。ローダンはそれを肌で感じた。

ピココンピュータは、ネット・コンビネーションの全機能を駆使して、とくに《レ

ダ》が作成したペダスを使用し、周囲のさまざまな行動と反応を監視したが、テラナーの精神や意識を狙う疑わしい攻撃はまるで検知されなかった。プシオン・エネルギーの探知抑制装置であるペダスの機能については、すでに疑う余地はない。

炎の侯爵の行動を判断するのに役だつ明白な観点がただひとつある。それは亡霊を視る者は、ベングエルやジュアタフをおちつかせ、不審をいだかせないため、ペリー・ローダンに一定の譲歩をする必要があったということ。そのせいで亡霊を視る者、偽のベングエルとしてのかれの地位はあやうくなったかもしれないのだから。

しかし、アフ＝メテムがなぜこうして偽ることをきわめて重視しているのか、それはテラナーにとっては不可解だった。結局、かれには潜在的な力があり、十億もの者たちが蜂起を試みても恐れることはないのだ。

炎の侯爵が謎につつまれた計画のために未知の方法でベングエルとジュアタフを利用しようと考え、そのためにかれらのイマーゴを守り、イマーゴが元気でいることをかれらに披露することに高い関心があるということは、ローダンにとって考えられることだった。

だがペリー・ローダンは、べつの可能性を考えていた。そのひとつは、アフ＝メテムには非常に単純な目的があるということだった。つまり、ほかの場所では計画に危険がおよぶ可能性があるので、ナコード・アズ・クールに近いこの地にイマーゴ中毒者の船団を拘束しておこうとしているのではないか。

ベングエルとジュアタフを目に見えないかたちでつなぐ秘密は、まだ明らかではない。

「ベングエルとジュアタフが死ぬのを見たという白昼夢をもう一度、話してくれないか」かれはアッタヴェンノクにたのんだ。

「かれらは、あの怪物によって拷問されて死んだ」ベオドゥは低い声で説明した。

「それは、きみの曖昧《あいまい》な解釈だ、友よ。わたし自身、ベングエルとジュアタフ・ロボットの二重の死を体験した。これまでわたしはそれを、一種の二重の自死と解釈していたが、しだいに考えをあらためはじめた。裏になにかべつのことがかくされている気がするのだ」

「なにか、わたしの判じ絵に関係するものが？」ベオドゥは突然意識がはっきりした。

「わたしの夢のひとつは、死んだ友、オンドルムの夢だ。夢のなかでかれは生きている」

「つまり、奇妙な結果をもたらす共通した光の現象を発生させるとき、ベングエルやジュアタフは、実際は死んでいないと、ほのめかしたいということだな」

「なにもほのめかしてはいない、ペリー」ちびのアッタヴェンノクがふたたび親しい間柄の呼び方をしたのは驚くことだった。「わたし自身もその関係が理解できていない。わたしの夢は多層的だ。確実にいえるのはそれだけだ」

「ナコード・アズ・クールのプシ・ショックのせいだ」ペリー・ローダンは主張した。「そこに原因がある。おそらくわれわれが思う以上に、きみには多くのことが生じている。つまり、白昼夢を見る頻度だけではなく、きみはひどく変わったようだ」

「それを証明できるだろうか？」ちびの返事はほとんど反抗的だった。

「もちろん無理だ。この状況下では、推測にたよらざるをえない。推測は探求の出発点だ。だから、探求を進めよう」

「いったい……なにをするつもりだ？」

「アフ＝メテムとイマーゴ中毒者にどんな関係があるのか探り出したい。そこから、かれの不可解な行動に対する説明を見つけたいのだ。さらに炎の侯爵があの者たちと、いわば実験していたことについても真偽をたしかめたい。それも背景を明らかにするのに役だつだろう。最後に、わたしはここをはなれたい。理解できない展開をぼんやり眺めているのは、わたしの性分に合わない」

「これでまたきみのことが好きになったよ、ワキアン！」

ベオドゥは自分の部屋へ走っていった。そこの食糧や飲料の自動供給装置を操作する音が聞こえる。もどってきたとき、ちびのヴェンノクは乾燥食糧を満足そうにかんでいた。

「いつ出発する？」かれはたずねた。

「いまだ、友よ。アフ＝メテムの支配下にあるというベングエルとジュアタフについて、夢からあらゆる情報を探り、その場所まで案内してほしい」

＊

ベオドゥは通廊を急いだ。

親友との会話で、目に見えて活気にあふれている。ローダンはなんなくついてきていたが、突然の展開に驚いているようだ。

かれは白昼夢の曖昧な記憶を慎重に整理して、位置を確認することにした。通廊の分岐点で、十二本の触手を立てて静止していたツェットと間一髪ぶつかりそうになった。

「なにかお手伝いしましょうか」ロボットがへりくだってたずねる。

「大丈夫だ」ベオドゥは早口で答えた。「われわれはただ身体機能を維持するために軽く走ってトレーニングしているだけだ。すぐにもどってくる。その間にわたしの寝台を向かい側に動かしてくれないか。まだすこし部屋のなかが気にいらないのだ」

放射の環のロボットは従順にゆっくり進んでいった。

「あっちだ！」ベオドゥが右をさししめし、ペリー・ローダンは待っていたようにそれにしたがった。

アッタヴェンノクは、夢のなかで見たはっきりした特徴に気づいた。友に伝えようと振り返ったが、そこにはだれもいなかった。通廊も無人だ。呆然として立ちどまる。ペリーになにが起こったのだろうか？　ほんの数秒前まで、すぐそばにいたのだが。

　ベオドゥは困惑して、かぶりを振る。このままおのれのみで行くべきだろうか？　きた道を引き返すと、いびつな樹の幹にぶつかった。かたい樹皮が痛い。恒星ウンブリルの輝く青空から円錐形の葉がふわりと落ちてきて、鼻先の口吻をなでた。腹が立ったかれは顔の前に手をやり、突然、つながりに気づいた。

　ワキアンは重要ではなかった。かれは、偽のオンドルムのマスクをかぶり、陰にひそんでいるのだ。そして本当の友オンドルムは、ジュアタフ・ロボットのビルゲロンの陰にかくれている。そうするしかなかったのだ。かれらはみな、自分と偽りのゲームをしていて、いまもどってきた現実から、自分を引きずりだしていたのだ。

　ベオドゥは嘆息して周囲を見まわした。右方には〝裏切りの砂漠〟がひろがっていて、左方には〝真実の山々〟がそびえ立っていた。そのあいだで〝とまどいの湖〟の水が、〝洞察の岸辺〟の角ばった石と戯《たわむ》れていた。

　山が砂漠のなかに滑りこんでいる。ベオドゥは、このふたつの光景を同時におなじ場所から見つめていた。そのふたつはそれぞれ異なる存在レベルにあったが、おたがいを認識している。だが、ベオドゥの存在はわからないようで、かれに目を向けることはいっさいなかった。

オンドルムが〝真実の山々〟からおりてきた。ワキアンは〝裏切りの砂漠〟から、オンドルムへと接近する。両者は手をとり合った。

「わたしはあなた。あなたはわたし」オンドルムがいった。

「そのとおり」ワキアンが返事をした。「わたしはあなた。あなたはわたし」

「それで、そっちはだれだ？」オンドルムは振り向き、ベオドゥをさししめした。死んだ友の指が何キロも伸びて、からだにとどき力強くたたかれた。

「この者が殺害者だ」ワキアンは低い声でいった。「つねに三番めが必要だ。あなたもわかっているだろう」

「つねに三番めが必要」オンドルムがくり返す。

指が痙攣《けいれん》するように動いた。

「これが〝完結の時〟なのか？」オンドルムは誇りと好奇心で鼻先を突きあげた。ベオドゥにはこの仕草の意味がよくわかった。惑星ヴェンのかれの種族の仕草だったから。

恒星ウンブリルの光が暗くなり、ついにドゥファーソンの地からその姿を消した。それでもしばらくほんのりと明るかったため、ベオドゥは幽霊のような光景を眺めつづけることができた。

ふたりはたがいにほほえみあっていた。山々と砂漠という遠くはなれた場所でありながら、それは同じ場所でもあり、触れ合うことはないがとても近くにいる。

　突然、両者のからだから青白い光が放たれた。まずワキアンが力なく地面に沈みこみ、オンドルムがつづいた。

　ベオドゥは死んだふたりのところに向かった。恍惚《こうこつ》としたように死んだ友をかかえあげ、湖まで引きずっていった。道のりは長かったが〝とまどいの湖〟はかれを憐れみ、かなりの距離をこえてかれを出迎えてくれた。冷たい水がなかば硬直した死体を飲みこむと、アッタヴェンノクはふたたび解放された気持ちになった。

　こんどはワキアンを運ぶためにきた道をもどったが、ワキアンは目の前で跳びあがり、笑いながら走り去った。すぐそばの山をよじ登り、尖った峰で立ちどまった。あざけるような顔で見おろして笑う。

「わたしをかんたんに殺せるとは思っていなかったはず！　ワキアンには多くの命がある」

　笑い声がさらに大きくなる。〝真実の山々〟を崩し、〝裏切りの砂漠〟の砂をかきたてる。〝とまどいの湖〟に大波が生じ、すべてを洗い流した。

　荒れ狂う波のなかに、死んだ友、オンドルムの硬直したからだが見えた。アッタヴェンノクは原初の混沌とした力のなかに身を投じた。水に対する生来の恐怖心は消え去っている。なにをすべきかはわかっていた。こんなふうに友を終わらせるわけにはいかない。

ベオドゥはあらたな力に目ざめた。ドゥファーソンの地から最後の光が消えるころ、かれはオンドルムのところにたどり着いた。多関節の腕と頭の両翼で死体にしがみついたが、死体はすぐに渦巻く水の深みに引きもどされる。それでもアッタヴェンノクは手をはなさなかった。恒星ウンブリルの光の下でこれ以上さまようより、死者とひとつになりたかったから。

頭部にはげしい衝撃を受け、かれはよろめいて、ワキアンの顔を見つめた。

「もう安らかに死なせてくれ」ベオドゥは嘆いた。

「きみはそうしたいかもしれないがね」ペリー・ローダンは力強く握るちいさな友の手をそっとはなした。「自分のところにもどるのだ！　すこしおもしろいことを発見した、きっと役にたつ」

「わたしはどこにいるのだ？」ベオドゥはたずねた。

「ここだ」これよりいい返事は友には思い浮かばなかったのだろう。「きみはわたしをとてもうまく案内してくれたのだが、きみはまた白昼夢にもぐりこんでしまったようだ。きみがわたしにぶつかってきて、はじめてわたしはそれに気づいた」

アッタヴェンノクはくずおれた。

「すまない、ワキアン」つかえながら、いう。「いや、ペリーといわなければならないな。偽のワキアンを身をもって知ったのだから。ほかにもまだ頭が痛くなるようなことがある」

「すべて話してほしいが、まずはここに集中しよう。いくらか意識ははっきりしたか？」

「完全に、ペリー。現実になにが起きたのかわからないのだが、それは教えてもらえるだろう。ひとつ、すぐにいっておかなくてはならない。自分の夢は理解できていないが、しかし、いままでになく明確で、はっきりしていた。われわれはどこにいるのだ？」

「きみが導いてくれた場所だ」ローダンは透明な壁をさししめした。その向こうには実験装置をそなえた大きな部屋がひろがっている。「ここはアフ＝メテムの、立ち入ることのできない司令室の端だ。炎の侯爵は動きを見せなかった。どこかに出かけているのかもしれない。ロボットも姿を見せない」

　実験室の床に、六名が動かずに横たわっていた。まちがいなくベングエル三名、ジュアタフ・ロボット三体だ。どこからきたかわからない素朴なロボットたちが、この者たちをふたたび立たせようとしている。

「かれらがたおれたとき、光の現象がかすかに発生した。しかし、完全に死んだわけではなさそうだ」ペリー・ローダンがいう。

「わたしがここに導いた？」ベオドゥはたずねた。

「そうだ。きみの白昼夢は想定よりもずっと早くはじまった。突然わたしにぶつかってきてしがみつくまでは、きみはふつうに反応していた。あのとききみは、安らぎを得るために、命をかけてわたしを救わなくてはと叫んでいた」

「奇妙だ」アッタヴェンノクはふたたび冷静になった。「ここは、どんな意味があるのだろうか？」

「アフ＝メテムはベングエルを拷問していない。そしてロボットは、ジュアタフがそうであるように、拷問することはまったく不可能だ。アフ＝メテムはかれらで実験をしているのだ。かれはこの奇妙な二重の自死のように見えるものについて、わたしが推測し、感じていたよりも、ずっと多くのことを知っているという印象をはっきりと受けた。右を見てくれ！」

　ベオドゥの目が友の伸ばした手を追った。半透明の壁の向こうで影のようなものが動いている。隣室から連れてこられたのだ。

「ヴェンノク？」ちびのアッタヴェンノクがたずねる。

「そのようだ」テラナーは認めた。「正確なところ、わたしもあの影からは見きわめられない。しかし、ロボットの指示にみずからしたがうヴェンノクのようだ」

「うむ」ベオドゥはなにかいおうとしたが、黙ってしまった。

「ベングエル、ジュアタフ・ロボット、そしてヴェンノク」ペリー・ローダンはつぶやいた。「不可解なことが起きると、いつもヴェンノクがいる」

「オンドルム、ワキアンとわたし。三番めが必要。夢のなかでもそうだった。わたしがその三番めだった。しかし、それらはすべて幻像で、真実はその裏にかくされていた」

「引き金か？　きみが引き金だったのか？」ペリー・ローダンは考えこんだ。ある言葉が頭をよぎる。「きみが〝触媒〟だったのか？」

「わからない。ここでなにが起きているのかも理解できない。すべて混沌としすぎている。不安だ」

「わたしもだ、ちいさな友よ。しかし、不安から、勇気が生まれることがあるのも知っているか？　わたしが愛する者たちから、ここがはてしなくはなれていることを知っているだろう？　きみは知っている。そしてきみはそれをもちろん理解できない」

「あなたはわたしの夢を理解していない」

「きみはきみの夢を理解していない。われわれの部屋にもどろう。ここで知るべきことは、もうない。アフ＝メテムがベングエルとジュアタフで実験していることがわかっただけで、充分だ。さらに、直接の関係はないだろうが、ヴェンノクがそこである役割をはたしている可能性が非常に高いということもわかった。結局、きみもヴェンノクだ。それによってきみが危険におちいらないか、亡霊を視る者のきみに対する拒絶的な態度も見せかけの幻影にすぎないのではないかと、わたしは考えているのだ」

「わたしの夢は幻影にすぎないのか？」

「一部はたしかに違う。むしろ、きみが白昼夢を正しい見方でつねに判断していないということだろう。しかし、ともに真実を見つけ、価値があるものとそうでないものを区別できるだろう」

「なんだって、ワキアン？」

「つまり、われわれはともにきみの判じ絵から真実の姿を探しだせるといったのだ。さあ、ここをはなれよう。今回は運よく、炎の侯爵にじゃまされることもなかった。夢の話をしてくれ」

　双方は帰路についた。

　ベオドゥは夢について語り、友と自身のようすを観察した。未来についての予感を告げたり、ゆがんだ過去に苦しんだりするような白昼夢を見るのではないかと不安だったのだ。まだペリーにオンドルムの運命について話す心の準備はできていない。

　ヴェンで死んだ少年時代の友のことは、ここ何年もまったく考えたことがなかった。たしかにある種の罪悪感はあったが、そのせいで夢をみているわけではない。原因はほかにあった。抑圧の経験という単純な図式にはあてはめられない。ベオドゥはそれを知っていて、その点を考えながら、ペリーに〝とまどいの湖〟、〝真実の山々〟、〝裏切りの砂漠〟、偽のワキアン、死んだオンドルムについて語った。

　メエコラーの友はとくに意見をいわなかったが、なにか独自な考えをいだいているとベオドゥは感じた。ワキアンとオンドルムとが一心同体で、その逆もまた成立しているという光景はなんだったのか？　両者のあいだに、実際のつながりはない。

三番めが必要というのは、どういうことなのか。それは、半透明の研究室の壁の向こうにヴェンノクがいると考えていたペリー・ローダンの観察とも関係があるのだろうか？

ベオドゥは自室の出入口でツェットとアダムが待機しているのを見て驚いた。両ロボットはいらだっているようだった。

「われわれ、指示を待っています」クモ型ロボットが声をあげた。「長いあいだお出かけでしたね、長すぎたかもしれません」

「大騒ぎすることはない」ペリー・ローダンはしずかにいった。「アダムがくれた図面は、ひどく情報が不足していて、われわれは遠出して迷子になったのだ」

「ピココンピュータに助けをもとめられたでしょう」アダムが主張する。「有益な助言をくれたかもしれません」

「自分のことに集中しているときは、スイッチを切ってしまうのだ」テラナーは反論した。「しかし、このような無意味な議論はやめよう。たのみがある」

「どうぞ」

「きみの主人に伝えてくれ。かれに……」

「あなたがわたしの主人です」

「もういい。きみが表向き、アフ＝メテムを知らないというのはわかっている。かれのことは……亡霊を視る者……なんでもいい……炎の侯爵だろうが、かまわない。かれに伝えてくれ。わたしの望みは、ベングエルの代表とその老賢者を迎えること。イマーゴが中毒者たちと顔を合わせることが急務だ。つまり、強要された演説では、ベングエルとジュアタフは信頼しないと感じた。わたしの中毒者はおろかではなく、亡霊を視る者の力を知っている。かれはどんなイメージでも信じさせられる。いま、あらためて真実を明らかにしなくては。かれらはわたしに直接会う必要があるのだ」

「ご希望にそうように」アダムは硬い口調で返事をした。「力をつくしてみます。ご主人さま、わたしにそれが可能かどうかはわかりません。長い時間がかかってしまい、あなたの辛抱もつづかないかもしれません」

「問題ない！」ペリー・ローダンが強くいった。

アダムは姿を消した。ツァラトゥストラは出入口に立ったまま、四本の触手を振っている。

この光景は二日間、ほとんど変わらなかった。ツェットはつねに待機していたが、ほとんどなんの反応もしない。アダムは姿を消したままだった。

二日間、ベオドゥは新しい計画を練り、ペリー・ローダンは思考を深めていった。

5

〝老賢者〟と名乗るベングエルとのこれまでのコンタクトは、ペリー・ローダンから見れば、きわめて不満足なものだった。ナコード・アズ・クールを運よくはなれたあと、アフ＝メテムが陰にひそんでいた〝亡霊を視る者〟と、まずは短い会話ができた。しかし、亡霊を視る者がアフ＝メテムであることを、炎の侯爵は秘密にしなかった。

老賢者の役割について、テラナーはいくらか異なる見方をしていた。ベオドゥははじめは、老賢者と亡霊を視る者がベングエルの二重の指導者になっていると主張していたが、ローダンは、いまはそれを信じられなくなっていた。

亡霊を視る者は明らかに炎の侯爵の具象形態だ。アフ＝メテムは偽のベングエルとして、イマーゴ中毒者に対して権力を行使していた。老賢者は高い地位にあるとしても、イマーゴ中毒者の一員のはずだ。アッタヴェンノクは老賢者の身分を、ワキアン、つまり高い地位にある者として考えている。

ペリー・ローダンは、老賢者も確実に、結局はアフ＝メテムの意のままに動かされる存在だと考えていた。しかし、老賢者は平均的なベングエルよりも知的で、警告や情報を容易に入手でき、逃げるときに援助してくれる可能性を秘めているかもしれない。

　時間が流れていく。ローダンはピココンピュータと計画を立てては破棄した。いまも《レダ》とのコンタクトは途絶えたままだ。しかし、ドリフェル・カプセルへの関心は低く、テラナーは心配していなかった。

「浮遊フィールドにちいさなセンサーが接近中」ピココンピュータが突然、報告した。「数秒で出入口に出現します。大きさはおや指の爪程度。非常に高速です。気づいたそぶりを見せないのが得策でしょう」

　テラナーは寝台からからだを起こした。目立たないように、ピココンピュータが伝えたあたりを見つめる。ちいさな立方体が色をつねに背景と同色に変化させながら、すばやく滑りこんできて、天井下の柵のどこかに姿を消した。

「どういうことだ、ピコ」ペリー・ローダンは訊ねた。

「新しい、より徹底した監視行動です。装置を探知しました。音、光、熱の放射をとらえ、検出したデータを遠くないところに設置された受信機に送っています。受信機は船内の有線ネットワークにつながっていて、それを追うことはできません。ですが、装置が作動する周波数はわかりました。べつの周波数を重ねて、すくなくとも短時間であれば通信を遮断できるでしょう」

「こちらの動きはなにも気づかれてはならない。われわれはまだなにもしていない。ミニスパイを追加して設置したということは、またなにかが起きているということだ。すでに無為な待ち時間は充分にすごした」

ローダンはベオドゥを呼んだ。

アッタヴェンノクもすぐに駆けよってきた。

「どうした、ワキアン？」

「どうやら」ペリー・ローダンは答えた。「亡霊を視る者がふたたび活動をはじめたようだ」アフ＝メテムはこれを冷静に聞き、四人が突然、情報を得たことを不思議に思うだろう。

「わたしは宇宙船の仕組みの単純な図面を研究した」ちびのアッタヴェンノクが答えた。

「技術レベルはとんでもなく低い。なんとかなるはず」

「あせるな」ローダンは出入口をさししめした。そこにロボットのアダムがあらわれた。

「ずいぶん時間がかかったな」テラナーはアダムをとがめた。

「時間がかかるかも、といいました」六本の長い触腕でほとんど堂々といっていいようすで歩いてくる背の高いロボットは動じることなくいった。胴体の中央の球体のセンサーとコミュニケーション・システムが短く点滅する。「ご要望を適切なところに伝えるのはかんたんではありませんでした。わたしはどこにでもアクセスできるわけではないのです」

つまり、アフ＝メテムはしばらく不在だったということか？　ローダンはさらに考えこんだ。もし、その期間を特定する方法が見つかれば、制限された移動の自由時間をより有効に使えるだろう。

「ベングエルとその老賢者とは、いつ話ができる？」かれは尊大にたずねた。

「じきに」意外な返答があった。「十二名の選ばれたベングエルと老賢者で構成された代表が、すでにあなたの宿舎に向かっています」

「よろしい」ペリー・ローダンの疑念はなおのこっていた。ともかくミニスパイが出現したことから導き出した推測は正しかったのだ。「船内にジュアタフ・ロボットはいるか？」

「《ジュナガシュ》にも、それに接舷している船にもジュアタフはいません。それはご存じでしょう」

「三日前に真実だったことが、いまもそうとはかぎらない。代表団を待とう」

アダムは急いで出ていき、数分後、ベングエルの一団とともにもどってきた。伝えられたとおり、ほとんど同じ身長の十二名と、身長が約一メートル半で明らかにほかより背が抜きんでている一名の全身に毛が生えた者だった。これが老賢者にちがいなかった。

十二名のベングエルは青く素朴な、短い胴体をかろうじておおうマントをまとっているだけで、手足はむきだしだ。

老賢者はさまざまな色や布を縫い合わせた長いマントを着用している。簡素な衣服に見えるが、異国的な模様で着る者にある種の威厳をあたえていた。

なにも指示しないうちからベングエルたちは、ペリー・ローダンを中心に半円を描くように床に腰をおろした。長い手足を組んであぐらをかくと、自分たちのイマーゴをちらちらと見つめる。アダムが老賢者に合図した。老賢者はすわっているベングエルの列のあいだを通り、腕を組んで軽くお辞儀をした。

「あなたはイマーゴですね」卑屈にいう。「われわれ、召喚に応じました。〝成熟の時〟がおとずれ、〝成就の地〟へと導いてくださることを願っています」

腰をおろしているベングエルたちが歓声をあげた。

ペリー・ローダンはなだめるように両腕をひろげ、半円をつくる者たちをおちつかせた。

「前にもたのんだが、辛抱してほしい」かれは説明した。「最近、ものごとが思っていたように進んでいない。きみたちはイマーゴの状況を誤解しているのかもしれない」

「あなたはイマーゴです」と、老賢者。「だから評価され検討されることはありません」

ローダンは自分の実際の状況について、手がかりをひそかに伝えるにはどうしたらいいか、集中して考えた。イマーゴ中毒者たちが理解する可能性は低い。イマーゴの妄想にとらわれ、ベングエルはもはや現実を見る目を失っている。

「疑問に思ったことはないのか」かれはあらためて探るようにいった。「何年ものあいだ、わたしはどこにいたのか？　わたしが自分の意志で〝成熟の時〟を決定できないと考えたことはないのか？」

「なにをいっているのかわかりません」しゃがんだベングエルたちが口をそろえていう。老賢者だけはすこし考えこんでいった。「あなたは完全です。自身でそう宣言したのですから」

ローダンはベオドゥに手を振って耳うちした。

「十二名のベングエルを連れて周囲をまわってくれないか。あちこち歩いているあいだに、じゃまされることなく老賢者と話をしたい」

アッタヴェンノクは友の意図をすぐに読みとった。

「わが忠実な者たちよ」ペリー・ローダンは声を張りあげ、集まった者たちの上で腕をまわした。「わが友ベオドゥとともに、われわれの宿所を見てきてほしい。イマーゴがどのような生活をしているか、同胞たちにくわしく説明できるよう、すべてをよく観察してほしい」

アッタヴェンノクはしゃがむ者たちを鼓舞するように手を振った。

「まだ充分でないようであれば」テラナーはつづけた。「再会を祝うささやかな宴《うたげ》を催そう」

老賢者はいらだったようすだった。ローダンは椅子に腰かけると、隣りの椅子をさししめした。長身のベングエルは、ためらいながら勧めにしたがった。

まずはローダンは老賢者と他愛もない話をし、生まれ、年齢、占星術的な関心やこれまで成功した体験についてたずねた。老賢者は問われるまま返事をしたが、不愉快そうな表情も見せていた。

十二名のベングエルのほうは熱狂していた。ベオドゥはすみからすみまで案内し、種々の器械を見せ、休むことなく会話をくりひろげた。要所要所でペリー・ローダンも口添えしたためさらに興奮が高まった。

三名のベングエルがイマーゴに関する意見が分かれ、軽いいさかいが起きたときには、ベオドゥはあらゆる手段で、それをあおった。

ローダンはその数秒間を利用した。老賢者に気づかれないように、ピココンピュータにミニスパイの送信周波数を二十秒ほど遮断するように指示する。

「ととのいました」という声がテラナーにとどいた。

かれは老賢者にかがみこんだ。

「イマーゴの話をよく聞いてほしい！」ささやくようにいう。「時間がない。これから聞く話は自分の胸にしまっておくように。わたしの状況は、あなたがたに披露されているようなものではない。あなたともっと長く話をする必要がある。休息期間の好きなときに、わたしのところにくるのだ！　近いうちに！　われわれ全員にとって重要なことだ。理解してくれたか、老賢者よ？」

　長身のベングエルは、黙って了解したというそぶりを見せ、臆病そうにつけくわえた。

「できるかぎりのことをします。約束します、イマーゴ」

　この瞬間、宿所の壁がスクリーンに変わり、亡霊を視る者の頭部があらわれた。

「申しわけないが、話し合いを終了してもらわなくてはならない」炎の侯爵が告げた。「重要な問題が起きた。老賢者と一団にはすぐに船にもどってもらう」

「いきなさい」ペリー・ローダンはアフ＝メテムの要請を受け入れた。「遅くとも三日以内に、ハイパー通信でわたしからあらたなメッセージを聞けるだろう。それは確実だ」

　このちいさな方策によって、かれはふたたび亡霊を視る者を行動させることができた。亡霊を視る者にとって、この通知を打ち消すのはかんたんではないだろう。

「アフ＝メテムは、ミニスパイの障害にいち早く気づきました」ローダンとベオドゥだけになり、スクリーンが消えたとき、ピココンピュータがいった。「かれはすぐに機器を撤退させました」

「実際、この干渉がかれに気づかれることを予想しておかなくてはならなかった」テラナーは答えた。「しかし、やりたかったことは達成した」

＊

ベオドゥは友が熟睡するまで辛抱強く待つと、自身のわずかな道具を集め、慎重にまとめた。

宿所を出るさいに扉の枠をそっと押さえたが、そのかすかな音もとくに問題はなかった。

道は、最初の二度のひそかな遠出ですでに心得ている。

また白昼夢が役にたつといいと考え、今回こそ成功するようにと願った。

通廊の照明は薄暗く、それが好都合だった。曲がり角に出るたびにがまんして待ち、ようすをうかがった。なにもかもしずかだ。こうして一時間かけて、〝アクウム〟と命名したセクターに到達した。それはもともと、故郷世界の衛星の名だった。

アクウム内には制御ステーションがあり、そこが内部のコミュニケーション網の連結点だった。ベオドゥの目標は、ここでいくつかのチャンネルから最新情報を得ることだった。これまでのところ、運に恵まれていない。壁の二枚のパネルはどうにかはずせたが、その奥のケーブルはすべて使用されていなかった。

しかしきょうは違うはずだ。簡易な図面をあらためてよく調べてある。いまこそ突破口を発見できたと確信している。

アクウムの制御ステーションは完全な暗闇だったが、ベオドゥは万一を考え、ちいさなライトを持ってきていた。なめらかな壁を照らし、パネルの細い溝を探した。そして確信を得ると、ランプを床に置いた。光が金属面に明るい楕円を描きだす。

すばやく作業にとりかかり、半時間で重いパネルをゆるめた。

制御ボックスが開いていて、なかには数十本の細いケーブルがあちこちから中央につながり、無数の分岐とブリッジで構成される集積回路となっていた。右下から順にエネルギーが流れているかどうか帰納的にたしかめていく。

根気よく作業をつづけ、半時間後に探しだした。信号は非常に弱い。おそらく電流が計画外のところでまったくべつの線に漏れているのだろう。絶縁体をそっと剝がし、空いた場所にべつの機器を固定する。

ちいさなヘッドホンから低い音がひびく。

「デジタル信号だ」満足してつぶやきながらデコーダーを操作する。この瞬間、信号が途絶えた。

ベオドゥはじっと待った。何分かたったときふたたびしずかにはぜるような音がした。デコーダーのダイオードがふたつ点滅する。ひとつは装置が動き出したことを、もうひとつは送信が弱すぎるか、障害があるのをしめしていた。ちいさなディスプレイに表示された内容もよくわからない。

〝あナはな八ひじかんイマーゴ〟

ベオドゥはうれしくなって声をあげた。まちがいだらけなことからわかるようにひどく文字化けした表示だが、すくなくとも最新のものだ。イマーゴの文字もはっきりと確認できた。

この通知がふたたびくり返されるかどうか、がまん強く待つ。すると十分ほどたつと、自動的だとわかるあらたな通知が表示された。こんどはデコーダーが似たような言葉を表示した。

〝ナガシュはなれ四十八標準……Kがイマーゴを監視する〟

三度めにくり返された文言を重ねて比較した結果、通知の内容が明らかになった。

〝あす、《ジュナガシュ》を四十八標準時間はなれよ……Kがイマーゴを監視する〟

ベオドゥはよろこびのあまり跳ねた。急いで荷物をまとめる。重いパネルを持ちあげようとしたとき、オンドルムが手を貸してくれた。旧友がきつい仕事を手伝ってくれるのは、自然なことだった。ともに作業を進め、制御ステーションの壁は五分もたたずに完全にもとどおりたいらになった。

ベオドゥは道具をしまい、ライトを手にとると、出入口をさししめしてたずねた。

「もうすこしいっしょにいかないか、オンドルム」

「よろこんで」と、返事があった。「だけど、わかっているだろうが、もう時間がない。わたしは〝とまどいの湖〟におりて死ななくては」

「その不気味なユーモアは好きじゃないんだ」と、ベオドゥ。「死についてジョークはいわないほうがいい」

「そうだな」オンドルムは前に向かって歩いた。「ぼくもジョークをいっているのではないんだ。きみはそれを知っている」

「ともにいく道があるだけだ」ベオドゥは旧友に迫り、急いでかれに追いついた。「だから、こんなばかげたことはやめるんだ」

　両名は通廊が分かれるところでアクウムの制御ステーションを出た。一方は恒星ウンブリルの夕日に照らされ真紅に輝く〝真実の山々〟へつづき、もう一方はすでに夜の帳《とばり》がおりた〝裏切りの砂漠〟へと通じている。

「わたしはこっちだ」オンドルムは両腕でそれぞれの方向をさししめした。

　ベオドゥがなにも返事ができないうちに、オンドルムは二体のアッタヴェンノクに分離し、それぞれが数歩で数百メートルをこえ、かなたに消えた。

　ベオドゥは頭をかかえた。大きく目を見開き、からだをはげしく揺らす。いまは制御ステーションの出入口に立っていた。おのれだけだった。

うしろの制御壁を開けた場所を照らした。壁は閉じていたが、持ってきた道具はまだ地面にあった。

パニックになって急いでもどると、道具をしまった。

そして宿所に走ってもどった。

*

翌々日の夜、物音がしてペリー・ローダンは目をさました。起きあがると、宿所の照明が自動的についたが、不審な点は見当たらなかった。

「物音が聞こえたが」ピココンピュータに向かっていう。

「そのとおりです」応答があった。「ベオドゥが出かけました。三度めです」

「なんだと?」こんどはテラナーのほうが驚いた。

「はい、夜になると遠出をしているのです。なにをしているのかはわかりません。時機を見て話してくれるでしょう」

「まったく気にいらないな」ローダンは思わずかぶりを振り、寝台からはなれた。ベオドゥは、なにかしたいとほのめかしていたが、自分だけで動きたいとはいっていなかった。

「わたしの見方はすこし違います」ピココンピュータがいう。「証明できませんが、炎の侯爵はあなたの行動をすべて監視していると仮定して考えています。この二日間、制御や盗聴のシュプールはありません。しかし、あなたのことをつねに把握しています。かれにとって大きな関心事ですから」

「ベオドゥとどう関係がある？」テラナーが話をさえぎる。

「アッタヴェンノクのほうはまったく違います。到着したときから、アフ＝メテムにとってベオドゥはどうでもいい存在だといっていました。ベオドゥはまったく監視されていないのでしょう。ですから大事なことを発見できる可能性が高いのです。それが非常に役だつかもしれません」

ペリー・ローダンは、このような観点から考えていなかったことを認めた。

「しかし、やはり、気にいらない」かたくなにいう。「些細《ささい》だが本質的な一点を見落としている」

「ナコード・アズ・クールに滞在してから、頻出するようになったベオドゥの白昼夢のことですね」

「そのとおりだ、ピコ。ベオドゥが秘密の遠出をしているさいに、夢におちいったらどうなるか、だれにもわからない。今回はどこに行ったのだ？」

「大まかな方角しかわかりません。数百メートル進むと、いつもネット・コンビネーションのセンサーの領域からはなれて見失ってしまうのです」

「わたしがあとを追う」ローダンは決意した。

ローダンは自動供給装置からコーヒーのような飲み物を探しだすと、いっきにカップを空けた。ベオドゥの部屋にいき、本当にひとりで出かけたのをたしかめた。

ピココンピュータはアッタヴェンノクが向かった方向を伝えた。通廊は薄暗かった。急ぎ足ですこし進むと、わきの通廊からかすかな音が聞こえてきた。立ちどまると、暗い陰にぼんやりとシルエットが見えた。

「わたしはここです」そこから声が聞こえた。

ベングエルの老賢者だった。ローダンはそこに歩いていった。

「ここでなにをしている、老賢者よ？」

「あなたのもとへ向かっているところでした、イマーゴ。指示されたとおりに。あなたの領域に忍びこむのは、かんたんではありませんでした。きのうも試みたのですが、そのときは二体のロボットが活発に動いていて、引き返さざるをえなかったのです」

「よかった」ローダンは長身のベングエルをなだめるようにいった。「きてもらえてよかった。話をするには、ひょっとするとここのほうがいいかもしれない」

「お好きなように、イマーゴ」

「いいか、老賢者。わたしは自由なイマーゴではない。亡霊を視る者に捕らえられている。わたしは道具として、あなたのベングエルやジュアタフの怒りをしずめることだけをさせられているのだ」

「反論していいでしょうか、イマーゴ」老賢者はため息をついた。「そんな話は信じられません」

「話したとおりなのだ。むしろ、もっとひどい。亡霊を視る者はベングエルではない。あの姿は偽りだ。実際は炎の侯爵アフ＝メテムなのだ」

「思ってもみなかった話です」長身のベングエルはうなった。「信じがたい」

「真実なのだ」ペリー・ローダンは強調した。「さらに外部の助けがなければ、わたしがここから出られないということも真実だ。そのため〝成熟の時〟はますます遠のいていく。あなたのベングエルたちとともに、わたしを助けてほしい。そうしないと〝成就の地〟にはたどり着けない」

「信じなくてはいけませんね」老賢者はいった。「むずかしいですが、イマーゴの言葉を疑ってはいけないことはわかっています。そして、あなたがほんものだということは全身で感じます」

「では、その件について話そう」ローダンはせかした。「どうすれば亡霊を視る者の裏をかけるだろうか」

「援助はできません」ベングエルは突然大声でいった。「お助けしたくても、不可能なのです。〝成熟の時〟を味わいたくて、イマーゴに望みを託してきた何十億の者たちのことを考えてください。かれらの立場になってください。ここをふくめ、あらゆるところで待っています。もしあなたに手を貸そうものなら、わたしとわたしのベングエルは弾劾されます。希望はいずれかないます。数年の長短は問題ではありません。その過程に介入はできません。わたしの名誉がそれを禁じています。それどころか亡霊を視る者に逆らわないでもらいたいのです。われわれ全員だけでなく、あなた自身も非常な危険にさらされることになるからです」

ペリー・ローダンは聞き違えたかと思った。いらだち、かぶりを振る。ふたたび口を開こうすると、老賢者はうしろを向いて早足でわきの通廊の暗がりに入っていってしまった。一瞬、ローダンは追っていこうと思ったが、むだだと悟った。

期待が持てて助かるチャンスも見えた気がしたが、それは泡のように弾《はじ》けた。

意気消沈して宿所にもどる。

一時間以上待ったとき、完全にとり乱したベオドゥがよろめきながら入ってきた。目に見えて混乱して話しはじめる。言葉はもつれ、ローダンもはじめは理解できなかった。

「すわって、おちつくのだ！」と、たのむようにいう。

ベオドゥは勇気をふりしぼって報告した。しかし、何年も前に死んだ旧友オンドルムとの本当の関係についてはひとこともらさなかった。

その点についてはローダンがたずねても、かぶりを振るだけだった。

ふたりは腰をおろして明けがたまで語りあい、アッタヴェンノクはとうとう疲れに負けた。

ペリー・ローダンは、ひとりすわって考えこんだ。

「ベオドゥの夢に真実がふくまれているのなら」と、ひとりごちる。「ここはこれまで想像していたのとはまったく異なる世界ということだ」

オンドルムは分裂する。かれは死んでいて、生きている。どんな意味があるのか？　いまはわからなかったが、謎を解き明かそうとかたく決意した。……それはちいさな友のためというだけではなかった。

イマーゴを監視するＫとはだれだ？　シントロニクスか、ポジトロニクスか、ロボットか、複数の機械か？　それとも生物なのか？　もちろん、いらだっていた老賢者ではない。それよりも、背後に炎の侯爵の技術的な機械が数多くある可能性がかなり高い。

ベオドゥがとらえた、十中八九、アフ＝メテムからの指示と思われる言葉のなかの〝あす〟、あすとはいつなのか？

ローダンが判じ絵のようだといった白昼夢と同様、ベオドゥが現実から報告した内容も、解釈がむずかしい。しかし、〝あす〟についてはテラナーがはっきりわかったことがあった。メッセージが何度もくり返されるということは、まだ相手に伝わっていないということだ。このメッセージはポジトロニクスの待機ループを〝旋回〟していて、外に放たれるのを待っているのだ。

最後に、ペリー・ローダンもまた寝台にもどった。しかし、眠れない。《レダ》とのコンタクトはまだ途絶えていて、ピココンピュータも沈黙につつまれていた。

6

いつのまにかペリー・ローダンは居眠りをしていたが、音が三回立てつづけに鳴ったのが聞こえて、目をさますとすばやく起きあがった。アダムとツァラトゥストラが前に立っている。向かいの壁には〝亡霊を視る者〟の像が浮かびあがっていた。

「メッセージを預かっています」アダムがいった。「あるかたが近々あなたと話したいそうです」

「あそこの者か？」ローダンは壁にうつしだされた偽ベングエルの像をさししめした。

「なんのことでしょう」アダムが返事をする。

ローダンは食糧や飲料の自動供給装置のところに向かい、軽い朝食をとった。食欲はあまりない。長い夜に二時間弱しか眠れなかった疲れが、まだからだの芯にのこっている。細胞活性装置も、それほど早くは回復させられない。

「わたしにわかるのはただ」アダムはつづけた。「どこまでご案内できるかという点だけです。いっしょにいきますか？」

「もちろんだ。ベオドゥも連れていけるだろうか？」「かれとわたしはここにのこります」

「だめです」放射の環のロボットのツェットが強くいった。

「では、かまわない」ペリー・ローダンは無関心をよそおったが、アッタヴェンノクの友の遠出についてなにか知られたにちがいないと考えた。アフ＝メテムはわたしを問いつめようとしているのだろうか？

「朝食をすませる」かれは冷静に話した。「それから出発だ」

〝亡霊を視る者〟の姿が突然、壁から消えた。ローダンはこの動きに反応しなかった。炎の侯爵がヘクサメロンの強い力を体現しているとしても、かれにはつねに自身の強い面を見せておきたい。

　アダムは朝食が終わるまでしずかに待っていた。ローダンはまだ出発しようとしなかった。大げさなほど無頓着なそぶりでベオドゥの部屋に向かう。ベオドゥはまだ熟睡していたが、テラナーに肩を揺さぶられ、すぐに目をさました。

　ペリー・ローダンが話す情報に耳をかたむけ、いった。

「判じ絵になっていない夢を見ていた。わたしの潜在意識から生まれたものだった。きみはそこにいた。そしてエスタルトゥも。すばらしい姿だ。その存在そのものが美しいのだ。死んだ友オンドルムのことは心配する必要はない、きみのことを心配するのだ、といわれた。だから、どうか慎重に、ペリー」

ペリー・ローダンは、アッタヴェンノクにそうすると約束し、考えごとにふけった。アダムに手招きし、すぐに出入口に向かわせた。ロボットはテラナーが知らなかった道を選んだ。しかし、方向感覚から、その道が《ジュナガシュ》、アフ＝メテムの司令室に通じていることを告げていた。

炎の侯爵は、偽のベングエル、亡霊を視る者の姿でかれを待っていた。玉座のような椅子にすわり、今回は客に席をしめさなかった。壁にかかった布は新しく、今回は赤が中心だ。アダムはここまで案内して姿を消した。

「ようこそ、ペリー・ローダン」アフ＝メテムは話をはじめた。

テラナーはなにも答えなかった。

「なぜなにもいわない？」やけに大きなベングエルの姿が親しみをよそおってたずねた。

「わたしがあなたを呼んだのか？　それとも、あなたがわたしを呼んだのか？」ローダンは強くいった。

「きみはゲームのルールの枠を超えたところで動いている」アフ＝メテムは話した。「そのせいで不安になった。こちらは公平に接してきたのに、きみは機会あるごとに無意味に救い手を探そうとしている」

「いったい、なんのほのめかしだろうか。それはさておき……なにが無意味でなにが無意味でないかについては、はてしなく議論ができるだろう。なにが望みだ、アフ＝メテム？」

「わたしの名前は〝亡霊を視る者〟。おぼえておくがいい。支配者ヘプタメルの国、成就の偉大な場には、エネルギー壁の向こうから聞こえるものもふくめ、多くの耳がある。無遠慮な態度もほどほどに。わたしはきみに手をさしのべたぞ」

「望みはなんだ、アフ＝メテム？」ローダンは冷たく問いかけた。

「ふたつだけ。イマーゴ中毒者に予告した演説を二日間延期すること」

「わかった。もうひとつは？」

「きみのちいさな仲間の動きが活発すぎて気になる。すこしブレーキをかけるようにいってもらいたい」

「それは問題ないだろう」テラナーはまた譲歩を見せた。「だが見返りがほしい」

「ほお！」亡霊を視る者はおもしろがっているようだった。「きみはベングエルの老賢者に影響をあたえようとした。しかし、かれのほうが合理的だと身をもって経験したはず。それで、どんな見返りをもとめているのだ？」

「わたしは遠慮深いので、ほしいのはほんのわずかな情報だけだ。あなたにとっても悪くない話だろう。知れば知るほど、あなたの計画やヘクサメロンの教えを、わたしはより深く理解することができる。これまでは、わたしに邪教を押しつけ、わたしの魂を無条件に服従させようとしているかのように感じられる下位の狂信者たちとしかかかわってこなかったものだから」

「もちろん、きみには真実をのぞくことはできない。完全に把握するのも無理だろう。それでもきみの質問には答えてみよう」

この歩みよりをペリー・ローダンは不審に思ったが、ためらわずに好機を利用した。

「あなたはだれだ？　どこからきたのだ？」

「わたしの起源は、唯一の真実の存在の深淵にある。わたしはその存在による産物だ。その存在がわたしを創った。わたしはその存在の一部だ」

「神託のような戯言《ざれごと》だな」テラナーは反論した。「そんな曖昧な返答しか得られないんじゃないかと思っていたよ」

「きみの質問が曖昧なのだ、ペリー・ローダン。一方、わたしの返事は明確だ。ここにすべての宇宙の存在が息づいている。では次の質問は！」

「なぜ、それほどはっきり主張できるのだ？」

「重大な日が迫っている、ペリー・ローダン。それはきみやベングエル、ジュアタフが夢みるような日ではない。〝成熟の時〟と結びつけられるような日ではない。ヘクサメロンの右腕の勝利の日だ。右腕とはわたしのことだ。きみがいまも今後も勝利しないように条件をそろえた。きみは遠い過去の死者の下僕にすぎない。それを一度、はっきり確認するべきだ！」

「エスタルトゥの話をしているのか？」

「エスタルトゥだと！　ほお！」偽のベングエルはかすれた笑い声をあげた。

「あなたは忘れたのか？　エスタルトゥは過去のものだ。過去は滅び、忘れ去られた」

「エスタルトゥは何千年も前に存在することをあきらめた。いまは、その痕跡もない。支配者ヘプタメルによって惑星ゼレンガアで滅ぼされ、そのわずかな残骸もヘプタメルに吸収された。滅んだ者について語っても無意味だ」

　オンドルムもまた滅んだ者だ、とペリー・ローダンは思った。ベオドゥの白昼夢のなかではいまも生きている。なにか意味があるのだろうか。

　かれにもアッタヴェンノクにもわかっていない同一性があるのだろうか。

　またほかにも、アフ＝メテムが話したエスタルトゥの死については、ドリフェル内の潜在的な過去で見たことがある。両方ともイメージは正確に一致していたが、どこかおかしい。アフ＝メテムは、エスタルトゥはゼレンガアで完全に滅んだと主張した。コスモヌクレオチドでは、支配者ヘプタメルによってエスタルトゥは完全に滅ぼされたという証拠は得られていない。

「考えているのか、イマーゴ？」亡霊を視る者の口調にはあざけるような響きがあった。

「考えてもほとんど損はない。ただし正しい道筋を知る必要がある。エスタルトゥはわたしにとって過去だ。はるか遠い過去で、忘れられていいものだ。とっくに終わったことで頭を悩ますのか？　おろかなことだ。本当の敵は現在にいて、未来への輝かしい橋がかけられるのを阻止しようとしている。その者たちは自身といましか見ていない。あるいは過去の強者を夢みている」

「その話は聞いたことがある」ペリー・ローダンは淡々と答えた。「ただし、わたしには信心が欠けている」

「信心は経験から育《はぐく》まれる。経験は重大な転換期となる。ヘクサメロンには何者も勝てないことをきみは経験した。それなのに、疑うのか。きみは時代におくれをとっている、ペリー・ローダン。言葉で納得させるつもりはない。事実が物語っている。しっかり見ることだ！」

「わたしにはふたつの目と明瞭な理解力がある」テラナーは反論しようとした。「まだたずねたいことがある」

「聞こう」

「ヘクサメロンとはなんだ？」ローダンは意識して単純に短く質問した。アフ＝メテムは詳細に語ろうとすると、華麗な言葉でかわすということがすでにわかったからだ。

「ヘクサメロンは」亡霊を視る者は即座に答えた。「強さと信心の組織だ。ヘクサメロンという名からとっくにわかっているだろうが、中心にいるのは六名だ。三名の侯爵がそれぞれ強さであり、ほかの三名の侯爵が信心に属している。強さの侯爵はメテムと呼ばれ、信心の侯爵はレテルだ」

〝強さか〟テラナーは考えた。〝ずいぶん世俗的な話だ〟信心のほうはずっと精神的だ。

「あなたはメテムだな」ペリー・ローダンはたしかめるようにいった。「あなたの名前が物語っている。ほかのメテムはだれだ？　レテルは？」

「三名の強さの侯爵は」亡霊を視る者はすすんで説明した。「炎の侯爵、つまりわたしだ。そして、わたしがもっとも強い侯爵だ。しかし、不死身のヘクサメロンのほんものの力を持つこの半球には、嵐の侯爵と世界洪水の侯爵もいる」

「のこりの半分はどうだ？　つまり信心の侯爵と名乗る者たちだ」ペリー・ローダンは、亡霊を視る者の話し好きをまた利用した。

「もうひとつのカテゴリーに清純の侯爵、教理の侯爵、崇拝の侯爵がいて、ヘクサメロンの教義をひろめることに尽力している。一方、強さの侯爵は共通の目標にむかって精力的に働いている。ほかの者たちがおしゃべりに興じているあいだに、かれらは行動する」

　最後の言葉には、過剰な誇りがかなり感じられた。

「で、支配者ヘプタメルは？」ローダンはたずねた。「六侯爵のヘクサメロンの上にいるのか？」

「その汚れた手でそこに触れ、信心によって結ばれたいと願うのか。冒瀆《ぼうとく》的な質問をするのだな、イマーゴ。自身の信奉者たちをよく見るのだ。きみは神に似た存在からかけはなれている。きみは正確には知らず、正確に知りたくもない未知の力によって、時間について生涯の特別許可を得られた、いずれ死ぬべき者だ。きみはそれをあたえた者に触れたりすまい。なのに、支配者ヘプタメルのことを、わたしにあえてたずねようとしている！　こうして自分の無能さを証明するのだな」

＊

長椅子に横たわって目を閉じた。夢を見たいのだが、心の目にうつるのは実際に目の前にいる、ロボットのツェットだけだった。

幼なじみのオンドルムのことをベオドゥは考えていた。いっしょに楽しい冒険をたくさん経験し、釣りをしたり、ちいさなボートで急流を下ったりした。長いあいだ、オンドルムを思い出すことはなかった。ナコード・アズ・クールからもどったあと、友のペリー・ローダンによれば、かれのなかに変化が生じたというが、このときはじめてオンドルムの記憶がよみがえったのだ。残念ながら、過去に通じる橋は望ましくない白昼夢のなかにしか存在しない。

この夢を思いどおりに操ることは不可能だ。

ペリーはまちがいなく、亡霊を視る者、あるいはアフ＝メテムといっしょだ。ベオドゥは孤独でおちつかなかった。

メエコラーからきた異人とは、グライダーのパイロットを務めたとき知り合った。当時、アンクラム星系で、青みがかったグレイの瞳に自信と揺らぐことのない意志を宿す長身のテラナーに好感をいだいたのが、すべてのはじまりだった。

実際、この異人からなにかを受けとったのだ。それがいまわかった。さらになにかを受けとって……ペリーがナコード・アズ・クールあるいはドリフェルと呼ぶ不可解な物体のなかをともに長く放浪したとき……自身は変わってしまった。それをきちんとした言葉にはできない。それは言葉にすると、いかにも単純で同時にまったく無意味に聞こえる、こんな言葉になった。

〝わたしは突然、すべてのベングエルとジュアタフにとって重要な存在になった〟

こう感じたことに、ベオドゥはまるで意味を見いだせなかった。その感覚はただそこにあるだけだ。さらに友ペリーの言葉が頭に入りこんできた。

〝どうか願いを聞き入れ、わたしをきみたちの第三の仲間にしてくれ〟

第三の仲間？

オンドルムはふたつのからだとひとつの顔を見せていた。ドゥファーソンの地は、ふたつのからだと三つの顔を見せた。かれ、ベオドゥはひとつの顔しか見せない。そしてペリー、すなわちワキアンもだ。

白昼夢がやわらかな足どりで近づいてきて、アッタヴェンノクはそれに気づいた。そして抗《あらが》わなかった。それは白昼夢にならなかった。今回かれの精神をとらえたのは、真実の夢、抑圧された記憶だった。

「どっちが先に島に着けるかな？」オンドルムが訊いた。

「こんな賭けは好きじゃない」ベオドゥは自信なくいった。「この水も好きじゃない。底が見えないよ」

「底？」オンドルムは笑った。「どこの底？」

「また揚げ足をとるんだな、オンドルム。ぼくは水がこわいんだ。毎日、とくに感じることもないけど、日々自分たちを操っている力に似ているんだ。底知れなくて、深くて、明るくて、力強くて役にたつ」

「島まで泳ぐよ！」オンドルムは頑固にいった。「いこう！」

「ぼくは魚じゃない。ほかの波で、ぜんぜんちがう水辺で泳ぐよ」ベオドゥの言葉がドゥファーソンの地のおだやかな空気のなかでしずかに消えていった。オンドルムは湖に跳びこんだ。

裏切るのか？

途中でオンドルムが、助けをもとめて手を高く伸ばした。口吻を水面から突き出し、悲鳴をあげる。ベオドゥはまだためらっていた。夕暮れの空で恒星ウンブリルと衛星アクウムがほほえみをかわしている。ドゥファーソンの地は極彩色につつまれ、平和と静寂に満ちていた。この地が若いアッタヴェンノクをもとめている。

ベオドゥは水に飛びこんだ。力つきかけたオンドルムのもとにたどり着くと、からだをつかんで引いていった。河口近くに渦があるのをかれは知らなかった。渦がふたりを深みへと引きずりこんだ。ベオドゥが懸命に水をかく。そのこぶしがオンドルムの髭にあたったときには、手に強い衝撃を感じた。それはたんなる事故、不幸な偶然だった。

友は深みに沈んでいった。しかし、ベオドゥのほうはしっかりとした手につかまれ、岸辺に引きずりあげられた。そこにいたのは異人だった。まちがいなく女の姿で、女はまったく異質で、感情のない言葉で語りかけてきた。

「わたしにはあなたが必要」女はいった。「あなたもわたしが必要。全員があなたが必要……あなたが必要……いずれ、ベオドゥ」

「あなたはだれですか?」ベオドゥは大声でたずねた。「オンドルムはどこ?」

「オンドルムは死んだ」女は答えた。「わたしは死んでいる。あなたは生きている」

「ぼくのこぶしがあたったせいで、かれは水の底にしずみ、死んだ」アッタヴェンノクは嘆いた。「ぼくには混乱と真実と強さを区別できていなかった」

「強さと信心を、混沌と破滅を、無と空《くう》を区別しなさい。大切なのは、そこからなにをつくりだすかということ、ちいさな友よ。〝成熟の時〟が近づいたら、わたしの言葉を思い出すはず。そのとき、わたしがしたことを感じとれるようになる。そうすれば、わたしが何者で、わたしがなにをしなくてはいけないのかわかるでしょう」

　意識のある夢は終わった。アッタヴェンノクはそれが、自分が望んでいない白昼夢や日常生活のなかで抑圧してきた、明確な記憶であることを悟った。

　こうして気づいたことは、最近の白昼夢の解釈には役にたたなかった。現在の不可解なものを伝える判じ絵を、この気づきで説明することはできなかった。

　ペリーはどこにいった？

　ベオドゥは孤独だった。十二本の触腕を使って回転しているツェットがにくらしくなってきた。

　過去の女。あれはだれだったのだろう。メエコラーの友が話していたエスタルトゥではない。エスタルトゥはタルカンにもメエコラーにも存在しなかったのだから。

　そもそもエスタルトゥは存在したのだろうか？

　アッタヴェンノクはツェットに手を振った。

「標準食を。それからペリー・ローダンの居場所を教えてくれ！」

「どうぞ」放射の環のロボットは三本の触腕でちびのヴェンノクにトレイをさし出した。

「あなたの友のローダンはそこにいます」

あいた腕で開いた扉をさししめす。そこにはテラナーがよりかかって立っていて、ちいさな友に「やあ！」と、声をかけた。

＊

「それは」ピココンピュータがささやいた。「かれにはむずかしすぎます。触れないほうがいいでしょう。そうしないと、かれの好意が怒りに変わるかもしれません」

ペリー・ローダンは忠告にしたがった。

「六の日の歌というのを」細胞活性装置保持者がいった。「聞いたことがあるのだが、そこではオムファルという花を携える炎の女神ギルラトゥが歌われている。それはあなたなのか、アフ＝メテム？　それとも、あなたの支配者ヘプタメルのシンボルなのだろうか？　さらに争いの女神アルファは、湖の水、イハリ＝アトゥ＝クリスタルのシンボルとともに、嵐の侯爵の化身なのか？　それとも、あなたたち自身がその両者なのか？」

「六の日の歌の平凡な解釈は、それを聞く者、それぞれしだいだ」亡霊を視る者はきつくいった。その言葉には不満がはっきりこもっていた。

「あなたの返答は、腐ったプリンと乾燥したクッキーを交換しているだけだ」テラナーは冷静に答えた。「それでも、わが友ベオドゥには、ひとりでの遠出は慎むようにたのんでみよう。結局、わたしにとってもやっかいなことだから。さらに質問がある」

「質問はあとひとつだけだ」この返答はローダンにとって驚くものだった。アフ＝メテムは時間に追われているのだろうか？　ベオドゥが話していた〝あす〟が近づいているのだろうか？

「わたしは自身の未来を決めようとしている」テラナーはいった。「永遠にあなたの監獄にとどまるわけにはいかない。わたしをどうするつもりだ？」

「わたしのゲームのルールにしたがえ。自身のイマーゴ中毒者たちに語ったように、辛抱強くしているのだ。かれらの気をもたせ、自身も悠然としているのだ。きみは死すべき者だが、かなり不死者に近い。きみがベングエルとジュアタフのためにイマーゴを演じつづけることに、わたしはまったく異議がない。かれらにはきみが必要だ」

　ペリー・ローダンはこの言葉にかすかなあざけりを感じた。どのような意味があるのかは、いまも謎につつまれている。アフ＝メテムは、会話では明らかにできない謎の存在だ。

　亡霊を視る者が突然急ぎはじめたようすを、ローダンはいぶかしく思った。ベオドゥがひそかに聞いたことに、なにか真実がふくまれているようだ。

「最後の質問に答えていない」ローダンは異議をとなえ、さらに謎を明らかにしようとした。

「この会話は終了だ」亡霊を視る者は玉座から立ちあがった。偽のベングエルの頭部が、きわめて大きなぎらつく目をした髪のない頭蓋骨に変わり、はじめてペリー・ローダンが惑星チェオバドで会ったときの頭部になった。「部屋を出てくれ！」

「急いでいるのか？」テラナーは平然と問いかけた。「こちらもちょうどいい。ときはみるみる流れていくものだから。また会おう、炎の侯爵！」

アダムが急に隣りに立っていて、ペリー・ローダンは赤い布の飾られた部屋から連れ出された。振り返って一瞥《いちべつ》すると、アフ＝メテムの姿はすでに消えていた。

7

ペリー・ローダンは、時間に余裕ができたのを明らかに感じた。亡霊を視る者は公けにはいわなかったが、すくなくとも二日間、ひょっとすると二週間はここを不在にするのは確実だった。監視している〝K〟の裏になにがひそんでいるのか、謎のままだ。ベオドゥが最近見た夢の意味も同様に不明だった。

かれはここで何日も無為にすごしてきた。しかし、それはアフ＝メテムを必要以上に刺激したくないからだった。いま、不完全だが、ものごとが概観できるようになった。不充分だが、それでも主導権をもぎとり、攻勢に出る条件はととのった。すでにずいぶん辛抱してきた。

かれは浴室でアッタヴェンノクの友と相談した。炎の侯爵やKの監視機関もここなら盗聴していないだろうと考えたからだ

「すべての状況から」ペリー・ローダンはいった。「アフ＝メテムはしばらくここをはなれそうだ。この機会に侯爵の聖域をすこし見てみたい」

「わたしはどんな役割をはたせばいい？」

「適当に陽動作戦を展開してほしい」テラナーはちびのアッタヴェンノクに説明した。「監視設備やＫをすこしかきまわすのだ。わたしはその間にアフ＝メテムの聖域にできるだけ早く侵入できるようにする。がんばってくれ、ちいさな友よ。そして、これ以上判じ絵の問題に頭を悩ますな」

二名はツェットとアダムに適当な指示をして送り出すと、キャビンを出て、それぞれべつのほうに向かった。ローダンは時間かせぎをして、ベオドゥが先に行動できるようにした。

半時間後、遠くから警報音が響いてきた。はげしい足音がつづき、ローダンは柱の陰に身をひそめた。警報音が鳴ったほうに、これまで見たことがない型のロボットが二体、突進していく。

ペリー・ローダンはさらにすこし待つと、また歩きはじめ、妨害されることもなく司令室の端にたどり着いた。炎の侯爵の権力の本拠地だ。ここで大きな問題が起きるだろうと予測をたてたピココンピュータは、すでにフル稼働していた。

いままで二回訪問したさいにはなかったせまい通廊にローダンが入ると、ピココンピュータがはじめて報告してきた。アフ＝メテムは、不在期間のため変更をくわえていたのだ。かれが高度な機器でほとんど好きなように映像を送れるということを、ローダンはすでに学んでいた。

「封鎖フィールドがふたつあります。制御装置の位置を探り、信号を送ってみます」

ペリー・ローダンは、すべてピココンピュータにまかせたが、一分もたたないうちに、ふたたび報告があった。

「じゃま者はいません」

つづいて暗号錠でロックされた扉があらわれた。これもまた、テラナーとネット・コンビネーションの技術でそれほどたたないうちに解決した。

「いくらか順調に進みすぎだ」ローダンはいった。「なにか問題があるのでは？　なにか見落としていないか？」

「なにも確認できません」と、ピココンピュータ。「おそらくアフ＝メテムは、自身の聖域に侵入者が忍びこむとは思いもしなかったのでしょう」

そのあとの通廊は、ローダンになじみのものだった。そこは、はじめて亡霊を視る者と向かい合った無機質なキャビンにつづいていた。しかし、ここで失望を味わうことになった。施設の中心には、もはや出入口がなくなっていた。何周してもピココンピュータもまったく発見できなかった。アフ＝メテムがどのように聖域を封印したのか、その技法も明らかにできない。

外側の安全対策が脆弱だったのも、すくなくとも、この突破不能なバリアがあるためだったのだ。

ほかに選択肢もなく、ローダンは周辺の鍵のかかっていないキャビンを探ることにした。さまざまな研究室を歩きまわったが、とくに重要なものは発見できなかった。

探索をあきらめようとしたとき、ピココンピュータにうながされ、壁面を偽装した小部屋に注意を向けた。そこにちいさな録音装置があった。音響信号しか保存できない型だ。

ローダンがスイッチを押すと、声が聞こえた。

〝きたな、タルポ・ルム・ネミース。よろしい。いまだ六日間教義に逆らいつづける不信心者たちが、またいまわしい狼藉《ろうぜき》を働いている。聖なる教えを信じない冒瀆者は阻止せねばならん〟

〝おっしゃるとおりです、高貴なるヘクサメロンのおかた。ご指示にはしたがいますが、おそれながら、その前にあなたがどなたなのか、ヘクサメロンの忠実な従者になにを要望されるのか、お教えください〟

ペリー・ローダンは息をのんだ。この言葉をかつて実際に自身の耳で聞いたことがある。チェオバドでのことだ。最初の声はアフ＝メテムで、ふたりめはタルポ・ルム・ネミース、ソンカットのハウリ人の共同体の教区長のものだ。

さらに音声を聞きつづけた。

頭のなかで、ほんもののアフ＝メテムとはじめて出会ったときの記憶がよみがえった……

＊

ハイパー通信機の一スクリーンに、まるい無毛の頭部がうつっていた。深い眼窩のなかの黒い両目が、ハウリ人三名とクルッパとわたしを見すえている。鼻や口はない。

丸顔の未知者が話しだすと、つやつや光る頬がかすかに動いた。

「おっしゃるとおりです、高貴なるヘクサメロンのおかた」タルポ・ルム・ネミースがへりくだって応じる。「ご指示にはしたがいますが、おそれながら、その前にあなたがどなたなのか、ヘクサメロンの忠実な従者になにを要望されるのか、お教えください」

「わたしの要望は無条件の従属と、ヘクサメロンの教えに対する絶対的忠誠。わたしがだれなのか知ることはできない、タルポ・ルム・ネミース。この映像はわが真の姿を具象化した一部にすぎないから。真の姿を知る必要はない。おまえが知るべきはただひとつ、わたしがほんもののヘクサメロンの侯爵であるという事実だ」

「なるほど。あなたの言葉を信じます。名前はおありなのですか？」

「すべての侯爵には名前がある。わが名はアフ＝メテム」

わたしは馬に思いきり頭を蹴られた気分だった。足もとの床がいきなり揺れだしたように感じ、さまざまな考えが脳内に押しよせる。

タルポ・ルム・ネミースは文字どおり硬直した。わたしは言葉も出ない。

ハウリ人やわたしより早く反応したのはクルッパだ。赤道環を持つ球状ロボットは突然、けたたましく笑いだした。ぴょんぴょん跳びながら踊り狂い、短い間隔で甲高い声をはなつ。まるで、さかりのついた犬の吠え声みたいだ。

ハウリ人三名がこちらを凝視した。タルポ・ルム・ネミースとゲルゴ・ルム・ハーラルはいらだちを見せ、ケム・エナウにいたっては怒りと憎悪の視線を投げてくる。

クルッパは細い脚十二本で革肌たちの上をはねまわり、正気と思われぬ声をあげ、「にせもののアフ＝メテムだ！」と、不協和音で歌いだした。「尊敬するわが支配者とその忠実なしもべを、不安におとしいれようとしてる！」

「唯一にして真のヘクサメロンに敵対する冒瀆者の悪影響だな」と、スクリーンから声がした。「服従せよ！　アフ＝メテムが命じる！　よき未来への道はひとつしかない。それが支配者ヘプタメルの言葉だ。したがえ！」

ケム・エナウがハイパー通信の応答可能領域に移動して、自信ありげにいった。

「わが上司タルポ・ルム・ネミースはまだ躊躇していますが、あなたが本当のアフ＝メテムだとじきに認識するでしょう。ヘクサメロンの敵がここに忍びこみ、われわれをだましたのです。かれは嘘つきの裏切り者。死がふさわしい」

「ちがう！」クルッパが叫ぶ。「アフ＝メテムはただひとり。ここにいる」

ケム・エナウがわたしを指さし、ロボットも触手で同じことをした。

「しずかにしろ！」わたしは声を張りあげた。「むろん、これがどういうことか、炎の侯爵であるわたしにはわかる。あの罪人のいうことをよく聞いてみろ。かれに惑わされ、六日間教義の真の教えに逆らってみるがいい。なにが起きるかわかるはず！」

「またやりすぎですよ」ピココンピュータが忠告した。「あの丸顔はほんもののアフ＝メテムです」

わたしだってわかっている。だが、物質シーソーの制御ステーションを作動不能にする目標をまだ達成していないのだ。目標実現に向けた第一段階がすぐそこまで迫っていたのに、不運にもステーション心臓部へ行くチャンスは消えてしまった。

「これ以上、状況を切迫させてはいけません」ピココンピュータがあらためて警告する。「とりかえしのつかない傷を負うことになります」

クルッパがはねまわり、こちらに近づいてきた。触手型アームと十二本脚をぜんぶくりだし、うれしそうに笑いながら大きなボールのように跳びかかってくる。

「多くの不具合が生じているようだな、タルポ・ルム・ネミース。異生物が一名見える。ここの者であるはずはない。すぐに殺すのだ！」

タルポ・ルム・ネミースはためらったが、ケム・エナウが即座に反応。なにか意味不明のことを叫び、武器を手にとる。

　だが、ネット・コンビネーションの反応のほうが速かった。わたしはエネルギー・ビームをもろに浴びたが、なんの害もない。ゲルゴ・ルム・ハーラルがケム・エナウの腕に跳びつき、大声を出した。

「正気を失ったか？」

　わたしはなだめるように両手をかかげた。

「冒瀆者に死を！」ほんもののアフ＝メテムがわめく。

　クルッパがスクリーンに向かって跳びはね、自分のからだで画面をおおいかくした。ハウリ人たちはますます混乱する。しばらくして、ケム・エナウひとりが理性をとりもどした。タルポ・ルム・ネミースを脇に押しやり、わたしの前に立ちはだかる。

「どうした、裏切り者？」わたしは動じることなくいった。この茶番劇を最後まで演じきろう。悲惨な幕切れを迎えることになるだろうが。「唯一のアフ＝メテムに逆らえると思うのか？」

　答えは返ってこなかった。タルポ・ルム・ネミースがケム・エナウを引きはがしたから。同族二名の争いは大事にいたらず、ケム・エナウはおとなしく自制する。

「これはヘクサメロンに対する大罪だ」と、わたし。「かつて六日間教義の忠実なしもべだった者が、これほどひどい不正行為に出るとは。ヘクサメロンの信奉者がおかしな丸顔の嘘を信じるとは。きみらには深く失望した。支配者へプタメルがここの状況をたしかめるためにわたしを派遣したのには、もっともな理由があったわけだ」

「冒瀆者を殺せ！」ハイパー通信機から声がとどろく。

クルッパがまた甲高く笑った。スクリーンの前からはなれ、ふたたび踊りはじめる。

「真のアフ＝メテムはひとりしかいない」わたしはタルポ・ルム・ネミースとケム・エナウのところに行き、二名の革のような手をとって、こういった。「だれがほんものでだれがにせものか、いまにわかる。六日間教義の真の使者に対する冒瀆行為を、ヘクサメロンはけっして許さない。このわたし、アフ＝メテムも」

それからブラスターを抜き、丸顔がうつるスクリーンめがけて発射した。次に操作コンソールを対消滅《ついしょうめつ》させ、むきだしになったケーブルにまでビームを浴びせる。

*

アフ＝メテムの観点からすれば、ここで会話を終わらせる必要があるのは明白だった。ローダンみずから、チェオバドでは話をここで終わらせていたからだ。その後、間がつづいたが、また会話の再生がはじまった。それは驚くべきはじまりだった。アフ＝メテムがこういったのだ。

〝アトランか？〟

一瞬、テラナーは夢を見ているのかと思った。そしてまたハンゴル語でかわされた会話に耳をかたむけた。

〝だれだ?〟それはアルコン人の声だった!

この意味を、突然、ローダンは悟った。アトランはタルカン=ハンガイにいる、すくなくとも最近まではいたにちがいない。

〝わたしは炎の侯爵アフ=メテム〟上機嫌に聞こえる声が返ってきた。〝そちらはもちろんアトランだな。非常に強い人格の持ち主とわかる。だが、あきらめろ! きみが小部隊を引き連れて、さして重要でないパガルの施設に侵入したのは知っている。ハウリ人の見張り相手に戦闘をくりひろげたようだが、勝利することはけっしてない。ゆえに、忠告する。降伏せよ!

きみを死なせたくないのだ、アトラン。偉大な使命のため、生け捕りにしたい。降伏するなら、ナコード・アズ・クールでイマーゴのペリー・ローダンと会えるぞ。そこでヘクサメロンの力を見せてやる。宇宙の大いなる秘密を暴いてみせる。いずれにせよ、最後の六日間の進行をとめることはできない。それに反抗しない者だけが勝利するのだとわかるだろう〟

〝どこでわたしのことを知った?〟またアトランの声だ。

アフ=メテムの冷淡な笑い声とともに録音は終了した。これ以上の会話の記録は見つからなかった。ペリー・ローダンは装置を壁の金庫に手ぎわよくもどした。

アトランがタルカン宇宙にいることに、とくに心を動かされた。旧友が大胆な行為に出たのは、いかにもかれらしい。しかし、アトランが近くにいることがわかり、ローダンの感情も揺れ動いた。そして、あらたな疑問が浮かんだ。アルコン人はどのようにしてべつの宇宙への遷移に成功したのだろうか？　そして、いまはどこにいる？

アフ＝メテムがローダンにしたように、ナコード・アズ・クールにいくようにアトランを挑発したことは会話から明らかになった。炎の侯爵はローダンをすでに掌中《しょうちゅう》におさめたかのようにふるまっていた。しかし、事実はほとんど違う。

アフ＝メテムが本当はどんな計画を進めているのか。それはまだ明確になっていない。ただしペリー・ローダンはひとつだけ確信していた。炎の侯爵は自分をベングエルとジュアタフを操るためのおとりとして使うだけでなく、アトランにも利用しようとしていた。それはつまりアトランに特別な関心をいだいていることの証しでもあった。

しかし、なぜだ？

いくつか秘密は明かされたが、全体は謎のままだ。

部屋の奥からかすかにうめき声が聞こえてきて、かれは振り向いた。

8

ペリー・ローダンは壁を探り、実験室の重い戸棚をわきにずらすと、膝の高さほどの、錠のかかったドアがあるのを発見した。

原始的な閂《かんぬき》で、こちら側からかんたんに開けることができた。カビ臭さがひろがってくる。しゃがみこむと、暗い出入口にライトをあてた。

奥は小部屋になっていて、床にうずくまるシルエットがあった。不安そうに頭をあげ、向けられた光を凝視している。まちがいなくベングエルだ。アフ＝メテムの捕虜か？　それしかありえない。

「出てこい！」ローダンは呼びかけた。

ベングエルは腹ばいになってこちらにやってきた。出入口につくと、テラナーがつかんで、外に引き出した。ベングエルは直立したが、ふらついて実験室の戸棚にもたれかかった。

「ありがとうございます！」かすかな声でつぶやいた。「感謝します、見知らぬかた。

それとも、この姿も、あなたの多くの顔のひとつですか、炎の侯爵？」

「いや、わたしはアフ＝メテムではない」

テラナーは一歩さがった。いまは力なく、疲れたように聞こえるが、知った声だ。平均よりかなり長身の、このベングエルのことも知っている。

「どういうことだ」ローダンは目を細めた。「老賢者か！」

「そうです」ベングエルは答えた。「それで、あなたは？」

「知っているだろう」と、ペリー・ローダン。「数日前に二度、話をした」

疲労しきったベングエルはかすれた笑い声をたてた。

「数日前？　わたしはずっと前から、この穴のなかですごしてきました。亡霊を視る者がここに到着したとたん、わたしはみなのなかから引き出された。かれは多くの顔を持っています。わたしに会ったというなら、それはかれだったのです」

ペリー・ローダンは目から鱗《うろこ》が落ちる思いだった！　アフ＝メテムにはふたつの点でだまされていた。亡霊を視る者の姿がほんものでないことは明白だった。しかし、炎の侯爵が同時に老賢者の姿もよそおっていたとは想定外だった。

ベオドゥの夢が突然、意味を持った。分裂する者、二重にあらわれる者！　さらにローダンが助けをもとめたときに偽の老賢者の拒絶的な態度も、いまはまったく違った観点から考えられる。

「いっしょにきてほしい、老賢者よ！」テラナーはベングエルをうながした。「まずは安全な場所に移動しよう。アフ＝メテムはいまは不在だ。しかし、時間をむだにできない。動けるか？」

「大丈夫そうです」老賢者は請け合った。「しかし、警告しておかなくては。侯爵は、いつもなんらかの姿で存在しています。わたしが解放されたと知ったら、介入してくるでしょう」

「それは出たとこ勝負だ」ローダンはネット・コンビネーションの貯えから清涼飲料を手わたした。老賢者はあわてて飲み干すと、突然、容器を落として悲鳴をあげた。亡霊かのようにペリー・ローダンを見つめる。

「あなたは……」と、つかえる。「あなたは……イマーゴ！　いま、わかりました。あなたの輝きを感じます、イマーゴ」

「イマーゴ、あなたの民やジュアタフたちはわたしをそう呼ぶ」テラナーは認めた。

「しかし、わたしの本当の名はペリー・ローダンだ。さあ、ここをはなれよう」

*

宿所にもどると、ローダンはまず老賢者を友ベオドゥの浴室に入れた。同時に飲食糧の自動供給装置に案内した。やせ細ったベングエルに適したものがきっとあるはずだ。

つづいてアダムを呼び、長身のベングエルにあう服を用意するように命じた。ロボットはなにもいわずに指示を受け入れ、姿を消した。

すぐにベオドゥもやってきて、おたがいにそれぞれの出来ごとを報告した。まずローダンがアフ＝メテムの本拠地に侵入したことを報告した。ほんものの老賢者を発見したという話に、ベオドゥは衝撃を感じた。さらにローダンから夢の解釈を聞かされたときには、驚愕していた。

ベオドゥはあちこちで火事をうまく起こし、いいタイミングで逃げだした。そしていずれもその目では見ていなかったが、ロボットの警備隊をふりまわすことに成功したと話した。

また運よく、船団のコミュニケーション網に侵入することもでき、ベングエルやジュアタフともコンタクトをとっていた。しかし、炎の侯爵については、新しい情報はまったく得られなかった。

「回路をここまでたどってきた」ベオドゥは話をしめくくった。「これからは、水泡船と補助船のほぼすべての場所、およびいくつかのハイパー通信ステーションにここからアクセスできるようになった」

「よし、いいぞ」テラナーは褒《ほ》めた。「役だちそうだ」

アダムは老賢者のための服を持ってもどってくると、あらたに驚くような話をした。

儀式ばって、ペリー・ローダンにこういったのだ。

「ベングエルの老賢者があらためて訪問許可を得ました。一時間後に話をしたいそうです。きわめて緊急とのことです。受け入れは可能ですか？」

「もちろんだ」テラナーは即座に答えた。驚きは悟られないようにする。面会をもとめている老賢者がにせものなのは明白だ。「どうぞ、きてもらいたい」

「一時間後です」ロボットはそうくり返すと、また出ていった。

「おもしろくなりそうだ」ベオドゥはいった。「夢から、このことについて解釈できることがなにかあるだろうか」

「いや」ペリー・ローダンは認めた。「判じ絵の一部が解明されたが、すべてがそれで解決すると考えてはならない。この一時間を利用して、ほんものの老賢者とともに偽の老賢者を迎える準備をしよう。すこしアイデアがある。アフ＝メテムとじらしあうようなゲームはもうしたくない。こんどは攻勢に転じる。炎の侯爵にちいさな仕掛けを用意して、そこでどうなるか見てみよう」

＊

ペリー・ローダンは肘掛け椅子にゆったりすわり、偽の老賢者を待った。脚を組んでいる。そのわきではベオドゥが床にしゃがみ、忍耐が必要な三次元ゲームに熱中しているように見えた。

アダムとツァラトゥストラが老賢者を案内してきて、出入口の横で待機した。

「お目にかかれて光栄です、イマーゴ」老賢者は卑屈にいった。「再度お話しする機会をいただけて感謝いたします」

「本題に入ってほしい」ローダンは冷淡にいった。「なぜここにきた？」

「あなたにいわれたことをずっと考えていました。直接的なことは明かさず、あなたが敵の支配下にいるかもしれないと仲間と話してみたところ、奨励の声があがりました」

「興味深い」テラナーはいった。「なにか提案があるのか？」

「感情を害されているのはわかっています。どうかわたしの状況を理解してください。わたしはお望みどおりには行動できません。しかし、すべてのベングエルがイマーゴを支持していることはわかってほしいのです。問題は、あなたの解放と〝成熟の時〟の到来と、どちらがより重要な目標かということです」

「〝成熟の時〟について、なにを知っている？」ペリー・ローダンの言葉には、立腹した響きが明らかにあった。「あなたは、自身がまったく理解していないことについて話している。すべてのベングエルやジュアタフをどんな力が導いているか知っているか？知らないだろう！」

老賢者は身をすくませた。

「どういうことで？」そうたずねた声は、かすかに反抗的な調子だった。

「わかったぞ！」このときベオドゥが申し合わせたように叫んだ。「これが解決策だ。あるいは……より正確にいうなら……ほとんど解決策だ」

そういうと、三次元のフィールドのいくつかの石を調整した。円形がつくられる。そのわきには、さらに三本の長いプラスティックの棒があった。

ペリー・ローダンは偽りの老賢者に返答しないまま、席を立った。三本のプラスティック棒を手にとると左手の指ではさみ、べつべつの方向に向け、輪のなかに放った。

「シンボルだ！」アッタヴェンノクがうなる。

「なんのシンボルだ？」ローダンがたずねる。

偽の老賢者から自信が消えていた。テラナーはそちらを向いた。「なんのシンボルか、教えてくれないか？」

「いいえ。こんな印は見たことがありません」と、返事がある。「あなたがわたしとどんなゲームをしたいのか、わたしにはわかりません。これ以上話をする前に、亡霊を視る者に相談すべきかもしれません」

「ここにのこるのだ！」偽の老賢者が立ち去りかけるのを見て、ローダンはきっぱりいった。「このシンボルを解釈できる者を紹介しよう。それはさておき、あなたにも解釈できるはずだと確信している。あなたはおろかなふりをしているだけだ」

「どういうことなのか……」

「黙って！　うしろを向くのだ！」

偽の老賢者が振り向くと、目の前に同じ姿の者が立っていた。服装は多少違っていて、ほんもののベングエルの顔のほうがすこし細いようだった。

「超越知性体エスタルトゥのシンボルだ」真の老賢者はいった。「そして、それをあなたは知っています、アフ＝メテム」

偽のベングエルの頭がふたたび動き、もとの姿勢にもどった。見開かれた目はペリー・ローダンを貫くかのようだ。

「裏切ったのか！」偽の老賢者は怒りの声をあげた。「償いはしてもらうぞ」

「この部屋で詐欺師は一名だけ」ローダンは立ちあがり、ネット・コンビネーションの戦闘態勢をととのえた。「その詐欺師とは、あなたのことだ」

アフ＝メテムはなにもいわなかった。出入口に向かって歩き、二体のロボット、ツェットとアダムに合図した。

「いまだ！」ローダンが強くいった。

重い音を立てて、いつも開いている扉が閉まった。両ロボットは鋼のプレートに向かって突進した。両者とも突然、触手にビーム銃を持っている。だが、ペリー・ローダンの反応のほうが早かった。二発の攻撃でツェットとアダムは倒れた。

偽の老賢者は真のベングエルを自分のほうに引っぱった。いつのまにか未知の武器を手にしていて、真の老賢者の頭部に向けようとしている。ローダンは考える余裕もないまま即座に徹底的に行動した。

銃がふたたび音をたてた。アフ＝メテムの防御バリアがひろがりはじめたとき、攻撃は両手と胸に命中した。真の老賢者はけがをすることなく、わきによろめいた。

「わかっただろう、炎の侯爵」テラナーは大声を発した。「汚い策略は見破られた。あなたはわたしの相棒ではない」

偽のベングエルの防御バリアが揺らめいた。ベングエルの腹からあらたな武器が出てきた。それが作動する前に、ローダンはその傷ついたからだにさらにビームを発射した。

宿舎の壁が光った。巨大な目があるだけで、鼻も口も頭髪もない頭が姿をあらわした。陰険な笑い声が響く。

「アフ＝メテムをたおしたと思っているのだろうか？」声がいう。「あなたは正気を失っているにちがいない。あなたが破壊したからだは、幻影か模型だと思ってもらってかまわない。あなたが攻撃したのは、わたしのごくちいさな一部にすぎない」

ローダンはスクリーンに向けて発射したが、まったく効果はなかった。非物質的な投影にちがいない。

偽の老賢者の砕けたからだが、巨大な目を持つグレイの頭蓋骨になった。

「アフ＝メテムをそんなにかんたんに」それぞれの頭が告げる。「たおせると思っているわけではないだろう。炎の侯爵には多くの命がある」

頭蓋骨は溶けて、スクリーンは暗くなった。

「アフ＝メテムをそんなにかんたんにたおせると思っているわけではないだろう。炎の侯爵には多くの命がある」ベオドゥはくり返し、友を見つめた。「ペリー、いまのは、〝わたしをそんなにかんたんにたおせると思っているわけではないだろう。ワキアンには多くの命がある〟という言葉と同じように聞こえた。夢のなかで、ドゥファーソンの地の〝とまどいの湖〟で、あなたはそういっていた」

「その判じ絵を解釈するのは至難の業だ、ちいさな友」ローダンは答えた。「しかし、あなたはまたモザイクの一部を見つけた。それについてはあとで話せるだろう。いまは迅速に行動しなくては。老賢者をコミュニケーション・ポイントに案内してほしい。ベングエルとジュアタフの全員に真実を伝えよう。急ぐぞ！　ここにのこっていたら、きっとすぐに深刻な怒りを買うことになるだろう」

アッタヴェンノクは側壁にあるフラップを開いた。老賢者に合図するが、まだ混乱してかぶりを振っている。

「あの不気味な生物には命がいくつあるのですか？」と、ペリー・ローダンにたずねる。

「わからない」テラナーは返答した。「しかし、きっと、かぎりはあるだろう。またアフ＝メテムが自身を好きなだけ分裂できるとも思えない。明確なのはただ、かれがすくなくともふたつの姿で同時に存在できるということだけだ」

「回路がつながった」ちびのアッタヴェンノクが大声をあげた。

まず老賢者が話した。

「聞こえるだろうか、友よ。また、ジュアタフのロボットたちよ。わたしは真の老賢者だ。炎の侯爵に囚われていたが、われらのイマーゴに解放された。いま、イマーゴの言葉を聞いてほしい。イマーゴは真実を語る。亡霊を視る者とその幻像を信じてはいけない。こうしてようやくわれわれはともに〝成熟の時〟を迎えられるのだ」

ペリー・ローダンはすでに語る言葉を決めていた。急ぐことなく朗々と話す。聴衆に向かって端的に、自身のこと、自身の状況、アフ＝メテム、ほんものと偽の老賢者のこと、そのほかの事情について説明した。

結論にたどりつく直前、ピココンピュータが報告した。

「ハイパー通信が作動していません。船内ネットワークの各回線が遮断されています。もはや放射エコーを受信できません。しかし、すでに炎の侯爵の行動は遅すぎました。メッセージはとっくに数千、それ以上の受信機にとどいています。また、一部のチャンネルはまだ作動しています。メッセージはもうとめられません」

「それはいい展開だ」ペリー・ローダンはいった。

＊

かれは宿所の出入口の錠をそのまま施錠させておいた。まだ目に見えて疲労しきって、生活の突然の変化に自力で対応しなければならない老賢者はすみでしずかにすわっている。ベオドゥは通信パネルに取り組んでいた。

「外は大混乱だ」ベオドゥは報告すべき点をわかっていた。「ジュアタフ・ロボットが主導権を握ろうとしているようだ。メッセージを受けとり、ひどく興奮している。炎の侯爵が進めている対策については、間接的にしか感じられない。内外のチャンネルをかれは遮断したが、全体像がわからなくなっているようだ。かれの行動は、一部、みずから損をしている。ロボット部隊を呼んでいるのだが、応答を得られないからだ」

ペリー・ローダンは、攻勢に出たことで危険を増大させたのを自覚していた。しかし、すでにずいぶん長いあいだ、なにも行動できずにすごしてきた。今回の行動が最終的に利益になるかどうかは、まだ大きな疑念がのこる。しかし、それにもかかわらず、テラナーは満足していた。アトランがかなりの確率でタルカンにいるという事実だけで、あらたに勇気がわく。

ネット・コンビネーション・システムとピココンピュータの技術的な力を利用して、何度もスクリーンに変化し、話すアフ＝メテムをうつしだした壁を調べた。そしてとうとう小型の受信ステーションがかくされていたのを発見した。すぐにそこを破壊し、炎の侯爵が自分や仲間をこれ以上、悩ませる機会をとらえられないようにした。

「外部機関が」ベオドゥは伝えた。「K補充部隊1という部隊が、主《あるじ》、つまりアフ＝メテムに、三十数体のジュアタフ・ロボットが船の複合体に強硬に侵入したと、報告した。ジュアタフ・ロボットは戦いながら、こちらに向かっている。かれらの目的は不明」

「かれらがほしいのは、はっきりした情報だ」と、テラナー。「うまく成し遂げてほしい」

「ベングエルもこちらに向かっている」ちびのアッタヴェンノクが告げた。

「ベングエルが？」老賢者がひかえめにたずねた。「それはよかった。われわれのイマーゴの味方になるためにやってくるのだろう」

部屋の中央で光が点滅し、映像があらわれた。かすかに揺れるエネルギー・フィールドの向こうに、亡霊を視る者がいるのにローダンは気づいた。

「これが最後のチャンスだ」ゆがんだ声がいう。「わたしは友好的な手をさしのべたが、きみはわたしの裏をかこうとした。しかし、炎の侯爵はあざむけない。あきらめるのだ、ペリー・ローダン！　ベングエルとジュアタフをなだめよう。ともに平和をつくりあげるのだ」

「嘘はたくさんだ、アフ＝メテム」テラナーは答えた。「失せろ！」

かれはプロジェクションに発砲した。映像は実際に溶けて消えた。ロックされた扉の前で、騒ぎが起きた。どうやら外ではげしい戦闘がくりひろげられているようだ。詳細はわからない。ローダンは老賢者をすみにいるベオドゥのほうに送り、ドアを開けた。

目の前でさまざまな型のロボットがすくなくとも五十体以上、戦っていた。銃のビームが宙を切り裂く。前線は明確にはできていない。

多くのロボットに、ジュアタフの一員であることをしめす印がはっきりついている。ローダンは短く銃を発射してジュアタフと思われるロボットを援護した。その背後には大勢のベングエルが集結していたが、かれらは戦闘に介入しない。

「やめるのだ！」突然、テラナーの隣りに立った老賢者が大声をあげた。しかし、その言葉はだれにもとどかなかった。戦闘の騒ぎで、かき消されてしまったのだ。戦闘と騒ぎがつづき、ついに静寂がおとずれた。ベングエルたちはたおれたロボットを乗りこえ、部屋に突進した。のこったジュアタフ・ロボットがあとを追う。

「イマーゴ！　イマーゴ！」呼び声が響く。

ペリー・ローダンはその光景に目をはしらせた。優に三十体のロボットと、ほとんど同数のベングエルが部屋に押しよせ、なにかを待っているようだ。

ベングエルとジュアタフ！

本能的な警告インパルスがテラナーを貫いた。

〝どうか願いを聞き入れ、わたしをきみたちの第三の仲間にしてくれ〟

ベオドゥの夢、そこで見た二重の自死……

ここに三番めはいない。いや、いるのだろうか？

「気をつけて！」ピココンピュータが告げた。「プシオン・レベルの攻撃です。プシ・サイバー・フィールドが形成されます。すべてが包囲される。アフ＝メテムは眠っていませんでした」

「ペダスを使え」ペリー・ローダンは要求した。「それを使って、この目に見えない攻撃をとめよう！」

ベングエルとジュアタフは動きをとめた。歓声もしずまる。プシ・サイバー・フィールドが作用をもたらしたのだ。老賢者とベオドゥも動かなくなった。ローダンは意識への攻撃を感じたが、まだ意識をたもっていた。

「わたしの弱点です」ピココンピュータが告げる。

部屋全体が一瞬、ブルーの光につつまれた。ローダンの脳に対する圧力が消え、到着した者たちがふたたび動き出した。ベオドゥはかれらのあいだに割って入った。

そのときそれが起こった。

その場にいた者たち全員の頭から同時に発したような閃光に、テラナーは目がくらんだ。ふたたび目を開けると、ベングエルとジュアタフが床に倒れて動かなくなっている。老賢者も倒れたままだ。ローダンとアッタヴェンノクだけがまだ両足で立っていて、理解しがたい出来ごとをいらだちながら眺めた。

　のこった閃光は約十五秒間、明るさを変えた。この間にペリー・ローダンの意識のなかで、メンタルのやわらかな声が響いた。

〈炎の侯爵に気をつけるのですよ！　かれは強い。しかし、打ち勝てないわけではない。かれはつねにそばにいるが、あなたからは遠くはなれている。自分の道を進みなさい、それが正しい道だから！　迷い、混乱した子供たちを引き連れ、希望がかなう、新しい本当の故郷を見つけられる場所へ導くのです。あなたにはもはや時間がない。あなたの時間よりも大切な時間があるから。つまり、〝成熟の時〟のこと。それはあなたが思っているよりも、近いところにある。足もとで動かなくなっている者たちに同情をかきたてられても、そこにかまわないこと。かれらは死んでいるわけでも、意識がないわけでもない。かれらは生きている。自我が奪われることもない。あなたはむしろ解放について語れるでしょう。もうひとつ。オンドルムの友、すなわちあなたのちいさな仲間につねに注意を向けておくこと。かれのなにかが、死者のなかで生きています。そして、その死者のなにかは、死んではならないもので、かれの力強い精神のなかに生きていて、その精神はたもたれるべきものだから〉

ペリー・ローダンは朦朧《もうろう》としていた。このメッセージの全体が理解できない。思考が駆けめぐる。そのうち奇妙な光の現象の残骸が消えていった。

かれはすでに、自分が二重の自死とジュアタフを正しく把握できていなかったのではないかと疑念をいだいていた。この奇妙な物語のなかでの最初の体験で、まちがったシュプールに向かってしまったにちがいない。しかし、実際は、なにが起こったのだろうか？　その答えも、ベオドゥの判じ絵のような夢の解釈も、まだ見つからない。

老賢者がふたたび立ちあがった。よろめきながら、わけがわからないように周囲を見わたす。

「結局、今回の出来ごとはすべてわたしの責任だ」ペリー・ローダンはいった。「わたしには理解できない。ただ、自分が狂気の沙汰に屈してしまったことだけはわかる。本当の姿はまもなくわかるだろう」

また亡霊を視る者の投影があらわれた。

「これがあなたの最後だ！」炎の侯爵は叫んだ。

開いた出入口の先に、アフ＝メテムのロボットたちが突進してきた。ローダンはすべての使える武器を投入し、ネット・コンビネーションの防御バリアを起動させた。そして老賢者とベオドゥをつかむと、グラヴォ・パックを使ってまだ閉まっている出入口に向かった。インパルス銃でドアを開ける。その先の通廊は無人だった。背後で扉がぶつかって音をたてた。ローダンは先を急いだ。

　前方で封鎖フィールドが真っ赤に燃えあがった。ローダンはあわててとまり、側壁に穴を開けてもぐりこんだ。灼熱の金属を突き抜け、突進する。立ちはだかるロボットを次々となぎ倒した。ネット・コンビネーションのあらゆる武器を駆使する。

　とうとうしずかな領域にたどり着くと、老賢者とベオドゥを降ろした。アッタヴェンノクはすぐに通信システムを見つけ、それに取り組んだ。作業しているあいだに《ジュナガシュ》船内に甲高い警報音が響いてきて、ローダンは驚いた。

「炎の侯爵にとって不測の事態が発生した」アッタヴェンノクが報告する。「前哨からいくつも連絡が入っている。われわれが引き起こした騒ぎは、いまひろがっている騒動にくらべればたいしたものではない」

「それはいい展開だ」ペリー・ローダンのこの日二度めの言葉だった。「炎の侯爵の注意がそれて、われわれに猶予ができるだろう。いったい、なにが起きている、ベオドゥ？」

「待って！」ちびのアッタヴェンノクは拒絶するような仕草を見せた。

　ローダンはそばによると、盗聴システムのスイッチを入れさせた。混乱したメッセージが聞こえてくるが、時間の経過とともに、ローダンや仲間に関係する話は減っていった。

つづいて亡霊を視る者の声が聞こえた。

「脱走した捕虜たちは、まだ遠くにいっていない。かれらをまた管理下にもどす。いまはまず、ベングエルとジュアタフの船団に突入し、《ジュナガシュ》に接近している十数隻の未知の船に対処する」

到来したのはだれだ？　テラナーは考えた。アフ＝メテムがナコード・アズ・クールにおびきよせようとしているアトランだろうか？

その答えは目下、重要ではない。肝心なのは炎の侯爵がべつの問題をかかえたため、束の間の休息を得られたということだけだ。

「つづけて！」ペリー・ローダンはいった。

「外からの救助だろうか？」ベオドゥがたずねる。

「そうかもしれない、友よ。希望が持てるのはいいことだ」

集結ポイントYゲート

K・H・シェール

登場人物

アトラン……………………………………アルコン人。タルカン遠征隊隊長
ジュリアン・ティフラー……………有機的独立グループ（ＧＯＩ）代表
ラトバー・トスタン…………………《ツナミ＝コルドバ》艦長
ムラク・トブロン＝ハーン…………同副長。首席宙航士
ポージー・プース……………………同ココ判読者。スヴォーン人
シンタ・ラズロ………………………同シントロニクス専門家のチーフ
ユーリ・カッチェンコ………………同乗員。特殊部隊〝自由狩人〟元隊員
ジャニュアリー・ケモ＝マサイ……同スペース＝ジェット部隊の隊長
アフ＝メテム…………………………炎の侯爵

1

「忍耐力があるというのは、実際、その人間がどれだけ忍耐力を発揮できるかという問題だ」と、《ツナミ＝コルドバ》の乗員のだれかがまるで哲学でも語るかのようにいっていた。しかし、ラトバー・トスタンは、それをただの〝おしゃべり〟だときめつけた。哲学というのは、それとはまったく違うものだというのだ。

それでも〝忍耐〟という言葉が、そこにいた者全員の心にのこった。よかれ悪《あ》しかれ、それを身につけなくてはならなかったから。

パノラマ壁の大型スクリーンにうつっているのは、タルカン遠征隊の集結地として選ばれた、あの薄いイエローの孤立した恒星だけだった。

Yゲートという名はきわめて適当に選ばれた。なにかしら名前が必要だったからだ。

この惑星のない星が、ハンガイ境界の向こう側の空虚空間にどのように入りこんでしまったのか、だれにもわからなかったし、興味も持たれなかった。重要なのは、かつて存在したハンガイ第三クオーターから約六万光年はなれた、好都合な位置にあるということだけだった。やがてこの恒星が存在する宙域も、タルカン宇宙から姿を消し、驚くべき移送ののちに、ギャラクティカーの故郷世界に姿をあらわすのだ。ハンガイ銀河の第三クオーターは、計画どおりNGZ四四七年十一月三十日にすでに消えていた。しかし、《ツナミ＝コルドバ》の現在地からは、まだその星々が見えている。かつて存在した天体から放射された光が、依然として宇宙を進んでいるので、いまでも視覚的に確認できたのだ。

　それと正反対なのが、ハウリ人の作戦によって故郷宇宙から強奪され、ここ、タルカン宇宙に出現した一千万の星々だった。

《ツナミ＝コルドバ》はこの大きな物質集合体の境界からわずか六光年の距離にあった。それでも通常の光学的な方法ではこれらの星々は確認できない。知覚可能な光の放射が、非常に孤立した恒星Yゲートにまだ到達していなかったためだ。

　そのためテラ艦の主モニターには見捨てられた恒星だけが輝いていて、その周辺の空間には、ほかの物質はふくまれていないように見えた。

　一方、ハイパー高速探知はまったくべつの星群をとらえていた。恒星質量を直接計測するだけでなく、そこから発する五次元インパルスを多くの周波数帯で記録していたからだ。

ハウリ人によって移送された天体が存在する……それに疑念の余地はない。

ＮＧＺ四四八年一月十五日。二十四時間前にようやく《ツナミ＝コルドバ》はこの物質集合体から帰還した。ラトバー・トスタンの任務は、遠征隊のほかの四隻の船の乗員とともに、恒星の数を確認することだった。そこでウシャアル星系の二十二番めの世界パガルにあったハウリ人の物質シーソーを破壊したことで、星々の移送の阻止が成功したかどうか判断できるはずだった。

既知の星座は変わらずのこっている。つまり今回の転移では、ハウリ人はメエコラー宇宙からの恒星質量の移動に成功しなかったということだ。

それが確認できると、調査の本質的な部分はポジティヴなものとして終了した……ただし、それはトスタンの表現では〝誤った切り札〟だった。

当初の目的は、ペリー・ローダンが謎に満ちた地、ナコード・アズ・クールで見つかるだろうというアフ＝メテムの言葉を確認することだった。アフ＝メテムは、当時惑星パガルにいたアルコン人とのハイパーカムでの会話で、ローダンとアトランにこの機会にヘクサメロンの力を披露したいと自信たっぷりに告げていたのだ。

ラトバー・トスタンのようなテラナーたちは、自分たちは罠に向かってまっすぐ飛んでいると確信していた。

アトランも、この炎の侯爵の言葉を微塵《みじん》も信じていなかった。それでも、せめてペリー・ローダンのシュプールを見つけるため、ハンガイ銀河の第四クオーターの光輪まで飛ぼうと決意した。ローダンがこの銀河、つまりこの異宇宙にいるということは、多くの事実から証明されていたからだ。

ただし、ナコード・アズ・クールを発見できるとは、だれにも確信がなかった。

そのため実際に恒星Yゲートが発見されると、タルカン遠征隊の十三隻の宇宙船は、そこを基準点として分散し、さまざまなルートで調査のために出発した。このときメエコラー宇宙から拉致された物質塊が発見されて、調査されたのだ。

その物質塊は謎の存在ナコード・アズ・クールではなかった。さらにナコード・アズ・クールが本当に構造物なのか、あるいは影のようなものの象徴にすぎないのか、はっきりしないままだった。

だれもこれまでの結果に満足していなかった……銀河ギャンブラーをのぞいては。かれはここにやむをえず滞在しているあいだに、《ツナミ＝コルドバ》のアクティヴ乗員をようやく生体医療的な深層睡眠から目ざめさせ、有効に動かすチャンスを見いだしていたからだ。

深層睡眠者たちを完全に活動可能なツナミ・スペシャリストにもどすために、どれくらいの時間がかかるのか、トスタン以上に知っている者はいなかった。そして、これまではあまりに急激な出来ごとが多すぎて、乗員を目ざめさせる作業にとりかかれなかったのだ。

＊

司令室の中央主シントロニクスが音声で信号を発し、プログラムに沿って、いくつかのモニターにその値《あた》いが表示された。

「Yゲート宙域に突如、飛翔物体が出現。球型艦、直径二百メートル。分析中……完了。《アウリガ》と認定。戦闘態勢をととのえますか？」

ラトバー・トスタンはIDモニターを確認した。二百メートル級の宇宙船がコンピュータ画像にまぎれもなくうつっていて、エンジン放射の値いも明白だ。

「戦闘態勢には、入らない」トスタンは問いかけを退けた。いらだちながら、司令室の中央にある主シントロニクスが設置された大きな装甲瘤《こぶ》をながめる。

すこしして《アウリガ》の指揮官から連絡が入った。通常の光速周波数帯によるため、他者による探知は不可能だ。艦隊の者たちは慎重になっていた。ヘクサメロンの預言者がどこにでもいるように感じられたから。

「《アウリガ》から《ツナミ＝コルドバ》へ、……おつかれさまです！　貴艦のトランスフォーム砲塔が突き出しているが、なにか意味があるのか？」

トスタンはドラッグの禁断症状で疲弊した声帯から、無理に音をしぼり出した。四分の一時間以上黙っていたため、乾燥を感じる。

「きみの美しい船がハウリ人に占拠されてるかもしれなかったからだよ。ところで砲塔がのびているからといって、搭載された機能ユニットの発射準備ができているというわけではない」

「機能ユニット！」《アウリガ》の指揮官は完全に呆れてくり返した。

トスタンはいつもの調子で笑った……しわがれた、のどの奥から出すような声だ。この身体的な欠陥に周囲は慣れていた。生きている死体が、これ以上うまく声が出せるはずがない。

かれは成型シートにからだをしずめ、長い脚を伸ばした。

「忘れてくれ、友よ！　ここに橋頭堡を築き、遠征隊の帰還を孤独な状態で待ちつづけて二週間になる。慎重になるのも当然だろう。なにか新しい知らせがあるか？」

相手の指揮官は手を横に振った。その仕草がすべてを物語っていた。

「いや。ハンガイ境界の向こうの空虚空間は、まさしく空虚空間の名のとおり荒涼としている。なにも見えず、なにも探知できなかった」

トスタンは骨ばった手で毛のない頭をなでた。深く落ちくぼんだ目は、疲れているようだ。

「まあいい、きみも収穫なしか。ティフラーの《リンクス》はまだ到着していない。かれが到着するまで、わたしが部隊の指揮を執ることになる。待機軌道に入ってくれ。座標は以前と変わらない」

「アトランはどこだ？」相手はたずねた。落胆しているような口ぶりだ。

トスタンは肩をすくめた。会話中にもかかわらず、司令室の背後で物音がしたのが聞こえた。

「われらがアルコン人の遠征隊長がアフ＝メテム、あるいは炎の侯爵と呼んでいる者なら、知っているかもしれないがね。われわれ、待たなくては。アトランの《カルミナ》はすぐれた技術をそなえた船だ。かれならうまくやるはず」

「そう願っているよ。待機軌道に入る。以上！」

コミュニケーション画面の映像が消えていったが、トスタンはすでに目をそらしていた。ユーリ・カッチェンコが二階のブリッジの下を走り抜ける。司令室の後方で騒ぎが大きくなった。

切羽《せっぱ》詰まったような大声があがる。女の呼び声に数名の男の声が混ざった。すべきことはわかっているようだ。

トスタンは成型シートのひろい背もたれに両手をかけ、骸骨のようなからだを支えて立ちあがった。直立すると、シートの前に設置された上位制御コンソールが見えた。

かつて特殊コマンド〝自由狩人〟で活躍したことから狩人と呼ばれるユーリ・カッチェンコは、かれなりの方法で騒ぎに対処していた。

ストレンジネス通過前に、あらたな船のアクティヴ乗員をさらに保護し、すぐに医療措置ができるようにするために数カ月前に設置した医療ルームに暴《あば》れる者を押しこめたのだ。

トスタンは司令室の奥に設置した医療ルームをまだ移動させていなかった。その設備とそれに付随する複雑な特殊機能が必要になると感じていたのだ。

疑いは的中した。長い深層睡眠から目ざめた《ツナミ＝コルドバ》の乗員は、全体の二十パーセントに問題があることが判明した。

それは医学的には未解明の現象だった。通常、深層睡眠者は、短い適応期間をへて、ふたたび完全にアクティヴになる。せいぜい指示されるのは、衰えた筋肉を鍛え、血行や生命維持に重要な機能を強化するために考えられたトレーニング程度だ。

経験的にそれで充分だった。

ところが百五十名のツナミ・スペシャリストのケースには、一部に極端な相違点があった。

かれらは生体医療的に麻痺した状態で、二度にわたってストレンジネス通過というショック作用を受けた。それにともなうはずの苦痛は受けずにすんだ。しかし、実際、きわめて繊細な脳内でなにが起こったのかはだれにもわからなかった。

球型艦の医師たちはこの事実に取り組むことになり、その後、またしても想定したような反応を人類が見せないことが判明した。覚醒した者の多くは予想どおりの行動をとったが、そのほかの者たちは、数分後あるいは数時間後に、説明不能な心理的な混乱を起こしたのだ。

この症状は〝ツナミ症候群〟と命名された。この名称はツナミの訓練を受けたテラナーは基本的にメンタル安定化処置を受けているという事実にもとづいていた。

そのような高度な資質のある人類に突きつけられたほかの点との関連では、大脳の周波数の領域にプシオン的な相互作用があるのだが、その秩序が明らかに無意識状態でのストレンジネス通過のさい、制御不能におちいっていた。

いま荒れ狂っている者は、すでに二十時間前に目ざめさせられ、検査を受けていた。そのさい、かれの行動には切迫した発作をしめすようなものはなにもなく、そこが驚くべきところだった。

トスタンはブリッジのある二階からおりていった。視線は、荒々しくのたうちまわり、叫び声をあげる男に相《あ》いかわらず向けられている。治療用ルームの医療ロボット・ステーションはすでに作動していた。高圧注射器のかすかな音とともに、病人はほとんど瞬間的におちつきをとりもどした。そして、最後にはかれはじっと横たわった。

「薬、また薬か」ギャンブラーは不平をいった。「まったく、ほかになにかないのか。公安を害するものなしではすまないのか？　薬が問題なく消化されるとはだれにもいえない。ロドニナ、おまえにいっているんだぞ」

　背が低い小太りの女はまるめていた背中を伸ばした。リフレクターライトのちらつく光が白髪にあたって反射している。

「愚痴はいま、いちばんむだなものね」彼女は疲れたようにいった。「人類のからだが驚異的な反応をしめすのは自分の経験で知っているでしょう。今回の症状ではさらに精神がくわわっている。実際、なにを期待しているの？　奇蹟？」

　トスタンは興奮しそうになるのをしずめた。コンビベルトを握る手だけは、それがいかに苦行なのかを物語っている。

　話しはじめたとき、その声は、いつもよりさらにしわがれているように聞こえた。

「奇蹟ではない、すぐれた作業だ！　きみの処置はそうなっていないようだ。神経プシオン学者なら、このような驚くべき展開に対応できるはず。われわれのツナミ・スペシャリストが決定的な瞬間に失敗しないとだれが保証してくれるんだ？　この男は、覚醒してから二十時間は順調だった。それが突然、ようすが変わって大騒ぎがはじまった」

「ツナミ症候群がはじまったのよ」ロドニナ・コスナトロワは訂正するようにいった。

「わたしたちはすでに実験していて、きっと克服するわ。予測不能な副作用もコントロールできるようになる……今後、同じように危険を冒そうとするすべての人のためになるのよ」

「目下のところ、われわれはがまんするしかないのか」トスタンは頑固に主張した。「なぜ、ここにいる者は、われわれが滅びゆく宇宙のなかで、闊達な敵とともにいるのを理解しようとしないのだろう？　《ツナミ＝コルドバ》には七名の非睡眠者のほかに、すくなくとも百五十名のスペシャリストの健康な乗員が必要なんだぞ」

　ユーリ・カッチェンコは病人からはなれ、自身の力強い手を見つめた。おだやかな笑みを浮かべている。

「八名だよ！」かれが大声を発した。左の人さし指を司令室のまるみを帯びた皿状の特製のシートに向ける。

　乗員の笑い声が聞こえた。アリ・ベン・マフルが成型シートの背もたれにすわり、すばらしい贈り物をもらったかのように生きている死体をうれしそうに見つめていた。

「いまのは短く、説得力がありましたね、スキッパー」かれはいった。「どうして心配しているんですか？　ここでみんな、体調はもどる、あるいはもどりつつあるでしょう」

「きみときみの友、アアロン・シルヴァーマンが、はじめて時空断層を通過したときのように、な？」トスタンは不平をいった。「わたしが助けを必要としたとき、きみたちはとっくに役たたずになっていた。ここで同じことが起きたら、ハウリ人にじりじりあぶられることになるだろう。ＡＴＧフィールド内にいる艦をひとりでは制御できない」

「ＡＴＧ航行の話をしているのは、だれですか？」ロンベ・マッシモが声をあげた。肥満した巨体を折りたたんだ成型シートで寝そべり、両手を腹の上で組んでいる。

　ラトバー・トスタンは鋭い視線でアフロテラナーのようすをうかがった。上唇が縮んだせいで入れ歯がむきだしになり、いまにも襲いかかろうとするオオカミの顎のようだ。

「こういうことだ。直感がまちがっていなければ、まもなく直面することになるだろう。きみはハイパー物理学者らしいな？」

「らしい？」巨体は憤慨しておうむ返しした。「まったくひどい！　わたしは……」

「それなら、きみのグレイの脳細胞を大いに使うのだ」トスタンは話をさえぎった。

「きみの分野を研究する者たちをうながして、いわゆる〝ツナミ症候群〟の解明のために働くのが現実的だと思えるが」

　動きが鈍重だと名高いマッシモは、すでに不機嫌だったのを忘れていた。気持ちを維持するのが疲れるのだ。

　かれは右手をかろうじてわかる程度に動かすと、いった。

「それは、ピッテンブルクとともにすでにためしたが、なんの効果もなかったんですよ。テラナーの脳みそは、五次元レベルで周波モデュレーションがからみあうゴルディオスの結び目のようなもの。ジェフリー・アベル・ワリンジャーでさえ、この分野では限界を感じている。わたし、あるいはわれわれも」なにか講義でもしているようにちいさい指を立てる。「われわれはかれの門弟にすぎません」

「働きすぎないようにな、最優秀者よ」トスタンはひやかした。「いったい、だれからツナミ・スペシャリスト養成コースを受けろとアドバイスされたんだ？」

「魂のないロボットからですよ」アフロテラナーは嘆息した。「ごらんのとおり、かれらがおこなうことはつねに正しい。わたしはきっとそう運命づけられていたのかも」

かれはでっぷりとたるんだ頬を膨《ふく》らませ、笑顔になろうとした。

「あんなやつらは悪魔にさらわれればいい」トスタンはいいはなった。「それでもいろいろロドニナを助けるんだ。なんらかの実りがあるかもしれないからな」

あらためてマッシモが指を上向きにしたのに、トスタンは気づいた。つまり、すでに援助する準備はできているということだ。

銀河ギャンブラーは深く咳ばらいすると、ふたたび司令室を見わたした。目ざめた乗員たちは各ポジションについている。謎の発作がなければ、《ツナミ＝コルドバ》はフル稼働し、戦闘可能な状態にあるといえただろう。

2

ジュリアン・ティフラーは一時間前に二百メートル級の船《リンクス》で集合場所のYゲートに到着していた。船内にはサラアム・シインの《ハーモニー》を収納している。パガルの第三衛星ジェゼトゥでオファラーの歌の師が独断的な行動を見せたあと、ティフラーはふたたびかれに単独で行動させるような危険を冒さなかった。

そのためオファラーもカルタン人も、《ハーモニー》ごと《リンクス》船内にとどまっていた。

NGZ四四八年一月十六日のこと。タルカン遠征隊ののこりの船は、この日が帰還の最終期限だと指示されていたにもかかわらず、まだ到着していなかった。

命令をくだしたアトランは、一カ月ほど前に《カルミナ》に乗って航行に出ていた。

ポージー・プースは皿状の特製のシートでまるくなっている。テラのキュウリに似たスヴォーン人は、親友のラトバー・トスタンがつねに自分を腕にかかえてくれるわけではないのを心にとどめておかなくてはならなかった。

スヴォーン人は成型ベッドの端から不満そうに外をながめ、左にすわるハイパー物理学者、アダム・ピッテンブルクに向かって四つのちいさな手をすべて振ったが、まったく無視されてがっかりした。

ポージーがテラナーのなかでもっとも関係が深いスキッパーは司令室をはなれていた。おそらく一時間ほど睡眠をとりたかったのだろう。

そのためトスタンのキャビンにあえて連絡するということはしなかった。

キュウリは甲高《かんだか》い声でため息をつきながら、人間の不公平さについて考えをめぐらしていた。

銀河ギャンブラーとは十五年以上も苦楽をともにした唯一の親友だったのに、いまとなっては……！

ポージーは堂々めぐりする思考をどうにか打ち切った。タルカン宇宙での滞在、古い《ツナミ３２》のひそかな修理、〝丸太〟の建造、そして二度にわたる最初のストレンジネス通過のあいだのはてしない苦しみについて思い悩んでいても、しかたない。

ポージーはキュウリ形のからだをさらに起こして、司令室の奥をのぞきこんだ。

医療ルームは無人だった。狂乱状態になる傾向を持つ睡眠者の事件があったあとは、ツナミ症候群におちいる者はいなかった。

ポージーは、女が探るように見ているのに気づいた。巨大な司令室の中央主シントロニクスの入力コンソールの前にある、制御壇のさらに下の右側にすわっている。

シンタ・ラズロはすでに四四七年十二月末に深層睡眠から目ざめ、リハビリ段階をへて、彼女のための予定されたポジションに就くようもとめられていた。

ポージーには、シンタがシントロニクス専門家のチーフでありデータ解釈者として乗員の男たちから高く評価される一方、女としてはただ信頼できる友としてしか見られていない理由がわからなかった。

だれかがポージーを驚かせようとして、彼女のことを胸が貧弱で馬面《うまづら》をした、骨ばった女らしくない存在といったことがあるが、それは本当なのだろうか？

キュウリ形生命体は気力をとりもどし、元気に彼女に手を振った。彼女のほうも探るようにながめるのをやめて、笑って手を振り返す。

ムラク・トブロン＝ハーン、首席宙航士で、《ツナミ＝コルドバ》の副長が、その巨大な頭を動かした。その仕草の意味は明らかになった。

かれもまた最初の覚醒者のひとりだ。もちろんシントロニクスは、ラトバー・トスタンがほかの深層睡眠者をふたたびアクティヴにするさい、力強い助っ人になれるツナミ・スペシャリストたちを優先的に呼びもどしていたのだ。

それは艦の操縦をする技術宙航士や医師たちだった。トスタンは、どんなことも偶然にまかせたりはしない。

ポージー・プースが、シンタに黒髪を頭の下で大きくまとめている理由を聞きたくて飛び立とうとしたとき、警報が鳴った。

失望の言葉をつぶやきながら、ポージーは成型皿にもぐりこんだ。

奥の装甲ハッチにトスタンが魔法のようにあらわれた。無毛でかがやく頭を前方に伸ばし、入れ歯が狼煙《のろし》のように光っている。

「警報段階、チーフ警報」シントロニクスが告げた。「SF1oC」

「遠征副隊長ですか」ポージーは情報を訳した。念のため、Kモニターに目をやる。このメッセージがはっきりうつっていた。

トスタンは司令室を走り抜け、ブリッジにつづく階段を駆けあがった。同時に前方のギャラリーの大型スクリーンにティフラーの顔がうつしだされた。

「全員に告ぐ」挨拶もなく本題に入った。「《モノセロス》がYゲートに接近中、距離はまだ五百光年。この船がアトランからの短いインパルスを受信した。《モノセロス》の指揮官は無線封鎖の解除を決断した。かれのハイパーインパルスがちょうどとどいたところだ。ひずみ修正と解読がおこなわれている。通信から、アトランは三隻のハウリ船と遭遇、攻撃を受けた。われわれのいるこの場所は距離がきわめて遠く、ハウリ人から探知されるとは想定されない。とはいえ、注意は必要だ。すでに到着している艦船は限定的な戦闘態勢をととのえよ。《ツナミ＝コルドバ》は隊列離脱。現在の軌道をはなれ、より上部の軌道で待機すること。確認せよ、以上！」

ムラク・トブロン＝ハーンは右手を見やった。トスタンの顔がいつも以上にデスマスクのようだ。

「いまの心からの要求に応じましょうか、スキッパー？」

トスタンは理解したようににやりとした。トブロン＝ハーンはテラのアジア地域、モンゴル地区出身の寸胴体型のテラナーで、あらゆることに耐えられるが、つっけんどんな命令だけはがまんできないという豪胆な男だといわれている。

「ゆっくりとな」トスタンは注意した。「誤解はないようにたのむ！　ティフはただ緊張しているだけだ。だから、さあ、首席宙航士、上昇ポジションに入ろう。シントロニクス、限定的な戦闘態勢に入れ。いいか、ツナミ・スペシャリストの偉大なるハーン？　金をもたらすレプソ神、マンモンにかけて……いったいだれが、こんな歴史的な〝ハーン〟の名をきみのごくふつうの苗字につけくわえたんだ？」

ムラクは喉の奥で笑い、シントロニクス・コンピュータの論理プログラム・ネットワークに基本コマンドを入力した。かれはトスタンの話しかたが好きだった。その言葉に本当の意味での無作法さはないことをよくわかっている。

論理プログラム編制は巨大な宇宙船がスタートするにあたって必要な制御手順をすべてすばやく実行した。トブロン＝ハーンはただすこし待って、念のため制御表示を見守るだけでよかった。

一方、ポージー・プースは、さっきの女の感激したような笑い声をうっとりと聞いていた。この女は首席技術宙航士よりも有能だと信じていたが、その思いは口にしないように気をつけていた。

ラトバー・トスタンのほうはようやく、信頼できる乗員の力を引きだすことができて満足していた。《バジス》で千名以上の優秀な応募者のなかからひとりずつ選んだ乗員たちだ。ツナミ症候群が発生したいま、たったひとつの種に属する者たち、テラナーだけをこの不確かな航行に選抜したのは正解だったと証明された。

もし、より多くの種族がいた場合、医師たちはそれぞれの種族に応じた問題に対処を迫られる状態になって、このツナミ艦は数カ月間は航行不能になっていたはずだ。非テラナーの場合は、それぞれいまとは異なる反応をしめし、いまとは異なった治療をせざるをえなかっただろうからだ。

《ツナミ＝コルドバ》はほかの球型艦の隊列から高速で離脱した。タルカン遠征隊のなかで戦闘力が最大で最新の戦闘艦なので、より有利なポジションに配置されるのは理にかなっている。

あらたな待機軌道に入るとすぐに、ほかの遠征隊の船が到着した。補整スクリーンが消えると、探知スクリーンで確認できるようになった。

アトランの到着はさらに遅かった。《カルミナ》の特徴的なエコー画像が遠距離探知機でようやくとらえられたときには、《カルミナ》以外の遠征隊最後の宇宙船がYゲートの集結地にもどっていた。

すぐにアルコン人がハイパー高速周波数で通信を送ってきた。みずから禁止していた五次元通信封鎖を解除したのだ。

「探知の危険はありません」シンタ・ラズロが音声通知で告げた。彼女はトスタンが危惧をいだいたのをみずからの知性で読みとったのだ。「Yゲートの恒星干渉フィールド内にいるため安全です」

アトランは心の動きを表情に見せなかった。

「諸君」アトランは話をはじめた。「どうやらハウリ人には本当に探知されなかったようだ。ティフ、警戒スタートができるようにあらゆる準備をたのむ。通常通信領域に入ったら、すぐに座標を伝える。軽率な動きは避けたい。《ツナミ＝コルドバ》の艦長、睡眠者たちのようすはどうだ？」

ラトバー・トスタンはすぐに応答した。

「出動準備完了です、サー……すみません、チーフ。こちらでなにか特別な対応は必要でしょうか？」

アトランが手を振るのが見えた。

「上々だ。いまの〝サー〟は忘れることにしよう。船には装備があふれているようだが、わたしの《カルミナ》も、《ツナミ＝コルドバ》に収容できるだろうか？」

トスタンは誇らしそうに頬を膨らませた。羊皮紙のような皮膚がさらに薄くなって白っぽくなり、奇妙な姿だ。

「五隻のコルヴェットのうち一隻を追いはらっても、無理でしょう。格納庫はあなたの超次元ピストルグリップにはちいさすぎます」

アルコン人はこの比喩ににやりとしたが、その言葉は《カルミナ》の外観をうまく表現していた。

「そうだと思った。では、ティフに、バス＝テトのイルナとともにわたしの船を引き受けてもらおう。球型艦との船外ドッキングは、わたしにはリスクが大きすぎる。この状況では過酷な操縦を強いられるだろう」

そこですこし間をとった。かれの船はちょうど一光速で問題の恒星に接近した。

ラトバー・トスタンは、遺伝子を調整された多重テラビット記憶中枢の部分に刺すような痛みをおぼえた。脳のこの部分は、母親が自己実験で達成してかれにあたえたＤＮＡの改変の産物だ。多くの者はトスタンをミュータントだと考えているが、じつはまったく違う。

トスタンは、いずれにしても驚きで自分の顔がゆがんでいることに気づかなかった。

一方、ロドニナに頬を触れられるのを感じた。

「おちついて」彼女の声が聞こえた。「すぐに終わるわ。アトランがほのめかしたことのなかで、この赤く光る宇宙での長い滞在の記憶を呼びさますのは、なんだったの？」

アトランはそのようすを見ていて、すぐに反応した。トスタンがこの症状をしめした場合、まだあちこちぼんやりしたままの潜在意識から、さらに情報を引きだせる可能性がある。

「ここから約六万光年の距離のところで時空構造に不連続性を発見した。故郷宇宙にあるのと同じような構造のゆがみのようなものだ。この不連続性は、超高周波振動の領域のハイパー基盤の精密探知機がなくては検出できない。そこにハウリ人の宇宙船がいた。それ以上のことはまだわからない。これまで抑圧されていた経験のなかで、なにか思い出せるだろうか？」

トスタンは苦しまぎれに「いいえ」と、否定したが、アトランはゆずらなかった。

「わたしは正確かつ適切に計算された基準星の突然の変異を検出した。時空構造の変異がその位置を安定させたように見える。そのため、ハウリ人の通信をひろって解読した。そこではこの時空断層を、ハウリ人の言葉でボルジ・アム・ドロアといっていた。トランスレーターは〝世界潮流の極点〟と訳した。記憶はよみがえったか？」

トスタンはただうなるばかりだった。かわりにムラク・トブロン＝ハーンが返事をした。席をはなれ、幅のひろいがっちりした体格で通信機器の前に立っている。

「いいえ！」にこやかにいったが、一方、その目は凍てつくようだった。「ですが、もし本当に乗員をこき使うのがお望みであれば、わたしを乗艦させてください。そうすれば、わたしでためせますから。おわかりでしょうか、アルコンの皇帝？」

　アトランは目に見えて驚いたが、破顔した。

「では、首席宙航士、どのように実行しようか。すまない。もちろん、きみのスキッパーを苦しめるつもりはなかった。皇帝に関しては……」

「さあ、いまのことは完全に忘れましょう」トスタンは自制心をとりもどしながら、口をはさんだ。「やれやれ、われわれはレプソのサーカスで甚大な害をおよぼすゲームをしているのでしょうか、それとも死にゆく宇宙の形成物のなかでゲームをしているのでしょうか？　それはいったい、なんですか？　ボルジ・アム・ドロア？」

　アトランは用心深くうなずいた。トブロン＝ハーンは司令コンソールにもどった。

「聞いたことがありません」トスタンは話をつづけた。頭痛は急速におさまっていた。「それでも、なにか気になります、そうでなかったら、ここのなかは反応しないでしょう」

　かれは指先で頭をたたいた。アトランはそれ以上質問するのをやめ、かわりに説明した。

「この問題について調べよう。《ツナミ＝コルドバ》は優秀さを発揮してくれるだろう。わたしも乗艦する。いいな？」

「本能はだめだといっていますが、口では了解ですとお返事しましょう」銀河ギャンブラーはにやりとした。「自分より権限のある上官を乗艦させたい指揮官などいるでしょうか。お迎えにいきましょうか？」

アトランはこの申し出は退けた。《カルミナ》の搭載艇を使いたかったのだ。搭載艇はロボット操縦でもどるだろう。

アルコン人がスイッチを切ると、トスタンは手足を伸ばした。膝の関節の近くで割れるような音がする。

「錆《さび》ついてますな！」ユーリ・カッチェンコがぶっきらぼうにいう。複数の単語を話すことはほとんどない男だ。

トスタンはふたたび脚を曲げると、狩人のほうを眺めた。人さし指を狩人の胸に槍のように向ける。

「由緒ある緑青《ろくしょう》殿、このシベリアの銀河密猟者め。ロナルド・テケナーによって罪のない永遠の戦士とその従者たちを追う〝自由狩人〟になる訓練を受けた者には、かつて神として崇《あが》められていたわたしのような存在の関節がいかに音をたてるものか、わからないだろう」

「神？」ユーリはゆっくりくり返した。

「そうだとも。自由貿易世界レプソにあるわたしのマンモン・カジノは、わたし、マンモン神によって、あらゆる銀河の愚者から金を巻きあげる寺院にまつりあげられた。友よ、わたしは神のように稼いでいたのだ、ローダンにじゃまされるまではな。かれはアンティテンポラル干満フィールドに必要なホワルゴニウムを再調達しようとしていて、あっさりそいつを盗んだ。わたしは自分の賭け金の弁済をしなくてはならず、あわてて身をかくし、昔のＵＳＯのステーションで深層睡眠に入ることになった。それはちょっとした不具合があって長くつづきすぎた。それで、すっかり神格を失ったマンモン神が、六百五十六歳という若さできみの前にすわっているというわけだ。わたしは西暦三三七九年生まれなんだぞ」

「細胞活性装置なしで」カッチェンコは感心してうなずいた。「とんでもないですね！」

　シンタの大きな笑い声は司令室の奥までとどき、トスタンは愛想のいい視線を向けた。とまどった彼女が黙ると、トスタンは自身がまた、よみがえったミイラのような魅力を発揮して、敬愛する気持ちをしずかにあらわしていたのだと気づいた。

3

アトランはひと跳びで古代の戦闘ロボットをかわした。二本の武器アームのたてる音が、金属音のようにひびくメッセージ以上にいらだたしく感じる。ロボットはいった。

「特別な出来ごとはありません、サー」

通信システムのスピーカーからラトバー・トスタンのしわがれた笑い声が響く。

アルコン人は、武器をさし出すロボットをとがめるような目で見やったが、指示をくださないように自制した。

トスタンが最新のロボットが不具合を起こすことを考え、歴史的な設計のものを艦内にとり入れたというのを知っていたからだ。

「ひどくおもしろい！」かれは壁に向かって叫んだ。声は聞こえているだろう。

「申しわけありません」ここではスキッパーと呼ばれる者の通信が入った。「プログラム作成者のいたずらです。かれらは非テラナーのツナミ・スペシャリストで、優秀ですが、連れてこられなかった者のひとりです。かれらがいずれツナミ症候群について話を聞くことがあれば、この措置の理由も理解してもらえるでしょう」

「そのせいで、罪のない者が迷惑をこうむるとはまったく遺憾だ」遠征隊長は不平をいった。「できれば給仕ロボットには、もっとタイミングよく対応してもらいたいものだ」

「くつろぎ空間のなかだけは問題ありません。ロボットはそこから、かつてのUSOのサービスにならって飲食糧を提供しています。しかし、あれは抜群でしたね。だからこそ、六百年以上前にわたしは、あなたの配下に志願したのです」

笑い声が響く。アトランは陽気になった気分をしずめた。ラトバー・トスタンは、これ以上ないほどみずからをあらわす典型的な表現をした。自身の乗員が、かれにとってつねに優先事項なのだ。ただし、かれはまた、ほかの指揮官だったら考えられないほど多くのものを、乗員に要求してきた。

アトランは装甲のほどこされた司令室のエアロックに入り、身元確認をされて驚きながらも、ラトバー・トスタンという人物について考えていた。かれの驚異的なウルトラコンピュータさながらの記憶脳はつねにどんなデータも引きだせて、ほかにも、医療技術やプシオン的な補助手段では究明できないようなそのほかの能力を発展させていたようだった。

そのひとつが、はかりしれない危険に対する本能的な直感だ。《ツナミ＝コルドバ》の特殊装備は、かれの用心深さの一例で、その価値はすでに証明されている。

アトランは痩《や》せて骨と皮だけのテラナーに出迎えられた。あたかも戦闘中かのように、司令室の内側エアロックのハッチが施錠された。

約二メートルの長身の男をアトランは探るように見あげた。かれは薬物中毒になる前は、目鼻立ちがはっきりした黒髪の押し出しがいい大男だった。

しかし薬物治療のさいの禁断症状のため、その姿は枯れ果ててしまった。かれがその処置に耐えたのは驚くべきことだった。

かれがどんな精神的な問題に動かされ、レプソの麻薬のなかでももっともおそろしいものを服用したのか、アトランには推測することしかできなかった。

「……ゴシップや権力に飢えたプロの嘘つきどもが人類種の保存のために善良で美しく名誉あると呼んでいるものに絶望したからですよ」かつてかれは皮肉をこめてそう主張したことがあった。

場合によっては、トスタンの言葉は真実だったのだろうと、アルコン人は推測した。ともかく、かれのような論理主義者で技術科学者が、死をもたらす毒と呼ばれる薬物に手を出そうと考えたのは驚くべきことだった。

アトランはその醜くなった顔に笑い声をあげた。トスタンが友情をしめすような仕草を待ちこがれているのを感じとったのだ。

「きみのエアロックでのチェックを無傷で通過できたのは驚きだ」アトランは話しはじめた。「敵に侵入されるのを恐れているのか？」

トスタンは道をゆずると、招くようにして司令壇のわきにある成型シートをさししめし、そこをブリッジだといった。

「直接、恐れているわけではありません。しかし、奇妙な環境には奇妙な対策が必要です。兆候を見逃すのは、おろか者としか思えません。よく眠れたでしょうか？　ここでは睡眠不足の遠征隊長では困るので」

かれは探知スクリーンをしめした。遠征隊のほかの十一隻がＩＤモニターにうつしだされている。十三隻めのオファラーの《ハーモニー》は依然として《リンクス》の格納庫に収納されていた。

アトランは大きな円形の司令室に足を踏み入れた。

トスタンの荒い息づかいを感じ、アトランはふたたび顔をあげた。視線が、自身のかつてのＵＳＯのスペシャリストのそれと重なった。

「なにか問題か？」かれはしずかにたずねた。「さっきの質問で苦しい思いをさせたわけではないだろう？」

「とんでもない」ギャンブラーは安心させるように答えた。「そんなにかんたんに動揺したりしません。《バジス》でのプシオン尋問のほうがもっとひどいものでした。〃ボルジ・アム・ドロア〃という言葉が頭からはなれません。わたしのMT脳中枢には記録されていない言葉なのですが。グリゴロフ事故のあと、わたしがそこにいっていれば、網膜アウトプットとしてデータを得ているのでしょうが」

かれは考えこみながら全周スクリーンの大型モニターを見わたした。司令室前面の球形の部分を半円形におおっている。その手前には成型シートを設置した制御コンソールが数台ならんでいる。

《ツナミ＝コルドバ》の前方の、ハンガイ境界の向こう側の空虚空間には、特別なものは確認できない。薄暗く輝く赤い光もすっかりあたりまえの光景だ。

後部のスクリーン・ギャラリーには、すでに四分の三が消滅した銀河の物質塊がうつっている。

この光景ももはや、乗員の注意をひくことはなくなっていた。

「〃ボラム〃という言葉にはなにか意味を感じるか」アトランはたずねた。「ボルジ・アム・ドロアをわたし流に縮めた略語だが」

トスタンはかぶりを振った。

「もとの言葉よりも、さらになにも思い浮かびません。ひょっとすると時空断層で、わたしは悩んでいるのかもしれません。時空断層は動かず、安定しているのでしょうか？」

　アトランはまた、根ほり葉ほり聞きたい気持ちをおさえた。トスタンはすでに苦しんでいるのだ。

「あなたのシントロニクスもそれを証明しています」

　アダム・ピッテンブルクが近づいてきた。このハイパー物理学者の議論好きは悪名高く、避けることはほとんど不可能だ。

「ピッテンブルクです」トスタンは紹介した。「専門は極超短波ハイパー放射で、ワリンジャーの弟子です。優秀だと聞いています。言い争ってボクシングのクリンチにならないよう、お気をつけを」

　ピッテンブルクのしわだらけの顔が動いた。予想どおりの言葉だったのだろう。

「そのためには、古代テラの概念を知る必要があります」かれは気持ちをおさえるようにいった。「われわれのスキッパーはそのうちの数百や数千は記憶しているはず」

「呆然とするほどの知識だ」トスタンはにやりとした。「アトランは情報通だ。あの古代ローマのグラディエーターの時代には……」

「……まだクリンチは登場しないぞ」アトランが楽しそうに口をはさんだ。「千年単位で混乱しているな。きみの噂を聞いたことがある、ピッテンブルク。きみの個人的な評価はどうだ？」

　このときシントロニクス専門家が大きな笑い声をあげ、トスタンは彼女を不審そうに見やった。シンタ・ラズロはためらうこともなく、かれの脱線をおもしろがっていた。

「そういった言葉のよりくわしい形成については、わたしのコンピュータのデータベースを探ってみます」しずかによろこぶピッテンブルクに向かって彼女はいった。「念のためです！　なにも知らない人たちに向かって、あなたがなにを投げかけるか、わかりませんから」

　アトランはあらためて、《ツナミ＝コルドバ》艦内の会話がのびのびしていると感じた。

「おまけに彼女は、誠意ある結婚の契約を拒否しているんです」トスタンは不満を口にした。「わたしには、それが当然なのでしょうか？」

「わたしはあなたのような男の人にはふさわしくないわ」シンタは魅力的な微笑を浮かべて主張した。

　トスタンは肩をすくめ、にやにやしている、仲のいいコンビのアリ・ベン・マフルとアアロン・シルヴァーマンをにらむと、急いでアトランを追いかけた。ピッテンブルクから、かれのコンピュータ席にくるようにたのまれていたのだ。

　トスタンが意図的に引き起こした話の展開によって、望んでいたとおり、リラックスした雰囲気になった。ツナミ艦に到着してから、アトランは乗員に軽く挨拶をしただけだったが、自然となじんでいる。とにかくアルコン人は歴史上もっとも重要な人物のひとりだ。もし、心からの信頼が築けなかったら、悲劇的だったろう。

シンタ・ラズロは、その心理的な作戦をすぐに理解し、うまくそれにのったのだった。彼女はかれに目配せした。

*

ティフラーは指揮下の遠征隊の船をひろく分散させた。ボラムまでの距離はすでに五十光年と算出されている。

これ以上の接近は、アトランは危険だと考えた。トスタンが捕獲したハウリ人の船での危険な航行で、ハウリ船の探知機を軽視できないことが証明されていた。

遠征隊の十一隻はハイパーエネルギーを貯えるグラヴィトラフ貯蔵庫を使用するため、つねに散乱放射を放出していて、それは異人の五次元探知機の質しだいで、多少の差はあっても明確に認識されるのだ。

「ポジションにつきました」ティフラーが《カルミナ》から報告してきた。「すみませんが、ハイパー通信を使用する必要があります。ＵＬコンタクトには距離が遠すぎますから」

「ビーム放射はターゲット領域からはなれたところを通過している」アルコン人はなだめるようにいった。

「緊急報告だけにしてください」バス＝テトのイルナの声が響く。「三隻のハウリ船がそこから出てきたからといって、時空断層に侵入しようとするなんて、どうかしているわ」

アトランは手を振った。この動きは彼女に見えただろう。

「ペリー・ローダンを探すためだ。アフ＝メテムとの会話を思い出せ。ペリーはナコード・アズ・クールにいるはず」

「ですが、五十光年前方の不気味な次元断層の名前はボルジ・アム・ドロアです」彼女は頑固に主張した。「自身でハウリ人の通信で聞きとったわよね」

アトランはトスタンの視線が注《そそ》がれているのを感じた。バス＝テトのイルナとは意見が対立している。アトランはギャンブラーの主張をとった。自身の状況判断と同じだったためだ。

「ハウリ人の基地がかくされているかもしれない次元断層を放ってはおけない。こちらは準備完了だ、ティフ、速度上昇。待機ポジションを正確に維持せよ。われわれをつなぐのはビーム放射だけだ。位置を変えないように。以上！」

かれはふたたび手を振り、ヴィデオ通信を切った。ティフラーの映像が消えた。

「可能であれば」ラトバー・トスタンが強くいった。「変更をくわえず、ボラムの前に一度のジャンプで出ましょう」

アルコン人はうなずいた。この件については長く議論していた。《ツナミ＝コルドバ》の司令室の乗員は、わずか二十五名で構成されている。

ロドニナ・コストロワは医療チームとともに隔離されたセクターで行動していた。救命緊急センターもそこにある。

深層睡眠から目ざめたほかのアクティヴ乗員は、六十メートル級の大型コルヴェット五隻とスペース＝ジェット十機に乗りこんだ。

このツナミ艦は遠征隊のなかで唯一、気づかれずに特殊な時空断層に接近できる船だった。そのためには、《ツナミ＝コルドバ》を二秒先の未来に移動させるアンティテンポラル干満フィールドの稼働が必要だった。

現在にとどまらなくてはならない者にとっては、このような宇宙艦は、安定化した瞬間をのぞいて、けっして見つからないのだ！

トスタンは、テラナーの宇宙航行の昔ながらの法則にしたがった。つまり、指揮官は指示を出すだけだ。指示は、担当の乗員や多様な艦内コンピュータによって実行され、制御される。もちろん非常時には指揮官が介入する場合もある。

「ATG航行開始」トスタンの声がスピーカーから響く。それは搭載艇でも確認できた。

「アクティヴ乗員は……体調に注意せよ。ラビール・ゾーンに移行するさいには、これまでにない衝撃を受けるかもしれない。深層睡眠で守られることはもはやない。実行だ、首席宙航士！」

ムラク・トブロン＝ハーンは短い指示をふたつくだすだけでよかった。旧型のツナミ艦内だったら、より多くの乗員の投入が必要だったろう。

司令室の中央主シントロニクスはすぐに確認した。制御スクリーンがほんの一瞬、点滅したかと思うと、シントロニクス論理編成の切り替えで実行された膨大な混沌とした回路が表示された。

ダイヤグラム曲線が光り、主千満システムがグラヴィトラフ貯蔵庫にアクセスし、極超短波領域の必要なエネルギーを得ていることがしめされた。

船の深部から音が響いたが、それはすぐに安定した。グラヴィトラフから供給されるエネルギーの変換調整で生じる音だ。

最新の船でも、あちこちで巨大なエネルギーを制御しているのを実感できるのはうれしいとアトランは思った。完全に無音の装置は、アルコン人には索漠《さくばく》としているように感じられ、無意識のうちにその機能性につねに疑いをいだいてしまうのだ。

〈なんと時代遅れな！〉付帯脳はいった。〈テラナーは多くを学んだ。しずかに作動する機械は、技術的な時代に即している〉

「そんなことはだれも質問していないぞ」アトランは付帯脳を叱責した。「いまはしずかにしていてくれ。注意をひいてしまう」

ラトバー・トスタンは高さのある司令席から、右側にすわるアルコン人を見おろした。テラナーの入れ歯をむきだしにして、かれは微笑した、あるいは微笑を浮かべたつもりだった。

元提督の表情から、かれが付帯脳と交信していたのがわかった。アトランは気分転換するように咳ばらいした。トスタン以外には、テラナーのなかでアルコン人の特殊な脳についてまだ知る者はほとんどいない。

「パラ結合システム、有効」シントロニクスが自動表示にくわえて報告した。「非常に高いエネルギー吸収率です。危険はありません。それでもテストを指示しています」

アトランは無意識に白髪に手をやった。考えこみながら、若い女を見やった。シンタ・ラズロは四十一歳。数年をツナミの特別訓練と実践的な経験に費《つい》やさなくてはならなかった。アトランは、それが必要な理由を知っていた。

ツナミ艦の操縦には通常の艦隊部隊よりも本質的に多大な負担が乗員にかかる。仮想未来の領域での航行は、ハイパー技術、知識さらに精神力を盛大に発揮して取り組まなくてはならないのだ。

三万の応募者のうち、ツナミの基準で限界とされるメンタル安定化の手順を無傷で乗り超えられたのは二名だけだった。精神が生来から受容的であり、かつ五次元レベルで動く機器を使いこなせる能力がなくてはならない。専門知識にすぐれているだけでは不充分なのだ。

制御モニターに、シントロニクスのテストのようすがうつしだされる。グラヴィトラフ貯蔵庫は実際、異常なほど過負荷な状態だ。

ポージー・プースは話しかけられたように感じた。かつて《ツナミ３２》では、かれはココ判読者として働いていた。《ツナミ＝コルドバ》には、もはやコントラ・コンピュータはない。しかし、ここでは、その定義がちょうど合っているようだった。

「時空定数の変化による周波モデュレーション」ちいさな声がスピーカーからもれてくる。「干満システムの消費は、ストレンジネスのゼロ変位に比例して上昇。原則的には危険はありません。ただ、より多くのエネルギーが必要です」

トスタンは充電表示機のデジタル遮断機を確認した。恒星Ｙゲートの対探知のなかでグラヴィトラフ貯蔵庫を満タンにしたため、ほとんど低下していない。それでも作用は顕著だった。

「なにか問題は？」アトランがしずかにたずねた。

トスタンは否定するように手を振った。

「それについてはあとで正確な計算が必要でしょう。われわれと高感度の五次元機器は、ここのストレンジネスにどんどん適応しています。あすにはまた違う消費量になるでしょう。シントロニクスにそのような仕事をさせるのは、いまのところ時間のむだです。シンタ、進行中のテストを中止して」

　彼女はすぐに操作し、コンピュータが反応した。

ラトバー・トスタンはシートベルトをシートから引きだした。幅のひろいベルトでからだを固定する。ほかの乗員もそれにつづいた。アトランもコンビネーションのスイッチを操作した。

　この一見時代遅れの対策も、いかにもトスタンらしかった。球形セルの異常な振動が想定される場合、早めに準備しておくのだ。

「パラ結合システムへの充塡を確認」かれの声が響いた。その声からは、しわがれた調子がいくらか消えている。「シントロニクス……」

「充塡開始、アンティテンポラル整流コンヴァーター起動。消失率三・四二二パーセント、正常値。供給修正プラス消失値作成、完了。ATGコンヴァーター起動。ラビール・ゾーンに上昇」

《ツナミ＝コルドバ》は、ほかの遠征隊の探知スクリーンからまるで存在しなかったかのように消えた。かろうじて測定できるハイパーショック波をのぞけば、テラナーの科学の最高機密に数えられる行程があったことをしめすものはなにもなかった。

「消え去った、吹き飛ばされかのようだ。それでもまだあそこに存在している」ジュリアン・ティフラーは心のなかでつぶやいた。「まったく信じがたい」

「すぐにスタートするのでしょうか？」イルナがたずねる。

「確実に。アトランはチャンスを逃さないし、トスタンは性格的にさらにそれを上まわる」

4

船尾に生じた仮想Gポイントのコントラ上昇は《ツナミ＝コルドバ》の侵入航行の加速を、加速段階で生じるのと同じように、確実かつ迅速に終了させた。

核インパルス・エンジンの時代には逆噴射について話しあわれた。しかし、このメタグラヴ機器はこの問題を本質的にずっと上品にこなした。

《ツナミ＝コルドバ》のような新型艦の構造では、高加速段階のセルの振動も約八十パーセント軽減される。しかし、今回はこの球型艦にはべつの法則が働いているようだった。

船ははげしい音をたてて振動し、通常の音声による会話はもはや不可能だった。自動システムは、すべての制御ステーションを音声通信に切り替えていた。

アトランは、かつてのアルコン人の艦隊の遷移船を思い出した。鐘を力いっぱい撞《つ》くような音をたてていたものだ。

最新型のツナミ艦の乗員は、はげしさを増す振動をアルコン人ほど冷静に受けとめてはいなかった。球形セルは結合全体がひどく揺れ動く。対応しきれないほどの衝撃だ。

シントロニクスの大型コンピュータのセンサーは乗員よりもずっと早く、静力学的な負荷のかかったセル結合で発生した振動を感知した。昔もいまも、望ましくない共振がはじめから生じないように、建設中に緩衝器を設置することが問題なのだ。

アンティテンポラル整流コンヴァーターの場合、とにかく新しい方法を模索する必要があった。ほかで使われていたエネルギーの緩衝格子《ごうし》は、効果がないことが判明したから。

圧縮と緩和の領域内の流動性はシントロニクスでしか制御できなかった。ＡＴＧコンヴァーターの五次元周波はきわめてあつかいにくく、この振動をやわらげるための調節がうまくいかない。その結果、共振限界を超えて、甚大な損傷をもたらしてしまうのだ。

アトランは、ラトバー・トスタンの動じない冷静さに感嘆した。トスタンはまだモニターに表示されるコンピュータの通知を読もうとしている。しかし、それも限界だった。画面が振動する。

文字やダイヤグラムがぼやけていく。操作しようとしたときには、すでにシントロニクスが動いていた。壊れやすいスクリーン装置は作動を停止され、全データはすぐにインターカム通信で送られるようになった。

「船は極超短波の張り出した隆起部分に入りました。原因は時空不連続体です。アンティテンポラル整流コンヴァーターが打撃を受けています。パラ結合システムもふくまれるでしょう。ただちに加速航行に入るのは得策ではありません。ご指示は？」

トスタンは警告を無視するほど無鉄砲ではなかった。すでに強度の限界に達しているセル結合に吸引加速でさらに負荷をかければ、カタストロフィを引き起こしかねない。

「全権による決定！　現在時に戻る、シントロニクス」かれの声が響いた。

コンピュータは探知を恐れるよりも、振動による破損の危険性を優先させた。

ＡＴＧフィールドが消えた。整流コンヴァーターとパラ結合システムが停止する。余剰のエネルギーは貯蔵庫に逆流した。

《ツナミ＝コルドバ》は、位置やのこりの移動距離を変えることなく、現在の時間へ急速に帰還した。

ライト制御の列が光った。アアロン・シルヴァーマンの担当の機器セクターだ。

「緩衝フィールドが作用しはじめました」かれは報告した。「調整成功。ＡＴＧは吸収されます」

振動はすぐにやわらいだ。一分後には、艦内のいわゆる野生の力はおさまった。

シントロニクスは戦闘態勢を緊急確立した。それも当然の処置だった。そこは、アトランの《カルミナ》が突如出現した三隻のハウリ艦に追われ、砲撃を受けた宙域だったのだ。

トスタンは安全ベルトをはずし、周囲を見わたした。アトランが顔をしかめているようだ。

「おみごと！」と、文句をいう。「このポジションなら、わたしもほかの船でもとれただろう」

トスタンは平静をよそおった。

全周スクリーンの大型モニターに非現実的な光が輝いている。ハイパー探知の表示だ。

「シントロニクスが優先順位を決めた、ただそれだけです。この高エネルギーの五次元振動のなかで、われわれ、けっして発見されてはなりません。このゾーンから撤退し、一、二秒先の潜在的な未来に安全な距離をとったのちあらためて突入するかどうかは、あなたが決めること」

アルコン人は立ちあがり、大型モニターを眺めた。

「まったく悪魔のようだ」と、いう声が聞こえる。「われわれ、ハイパー空間から出て時空断層に接近しすぎた」

「まさにあなたの座標どおりに」シンタ・ラズロがとがめるようにいう。「あの大きさの隆起なら、実際、認識できていたはずですよね。それともさっきは存在しなかったのでしょうか？」

アトランはうなずいて認めた。

「では、ここのこれは急速に生じたのだな。われわれはその張り出した隆起部分に出現し、したたかに揺さぶられたというわけか。われわれは安全だ。だれにも探知されることはないだろう」

「いまのところは」アダム・ピッテンブルクの通信が入る。「最新のデータを見てください。いわゆる隆起は、時空断層の自己を安定させるための形成物か、あるいはどういう名であろうと異常です。シントロニクスは自給自足の小宇宙ではないかと推測していて、かなりの確率で独自の時間定数を持っています。われわれをラビール・ゾーンから追い出した妨害前線は、必然的な自然現象ではありえません」

「で？」トスタンがたずねる。

ロンベ・マッシモは成型シートからからだを起こした。息を切らしながら立ちあがる。

「ともかく結果は出た」垂れさがった頬をさすりながら、かれは説明した。「位置探知機は時空断層の構造亀裂を測定している。そのような亀裂はどうして生じたのか？」

「おそらく、自然のものではないな」アトランは鈍重な者にどなりつけるようにいった。

「ここでは謎かけしか提供されないのか？」

ハイパー物理学者は深くため息をついた。

「あなたのせっかちさには愕然とします。高齢者の悟りはないのでしょうか？　まあ、いいでしょう、その目の輝きでわたしの心の平穏がかき乱されます。だれかが亀裂をつくるためにスイッチを切り替えたのです。封鎖されたセクターを出入りするさいの一般的な行動です」

「歩行者、進め！」ユーリ・カッチェンコが声を張りあげた。最高の笑顔を見せている。

アトランは咳ばらいをし、トスタンはアフロテラナーの巨漢ににやりとしてみせた。

マッシモは非難するようにまわりを見まわした。

「いまのはジョークだったのですか？　おそらく微小宇宙の空洞部で構造亀裂の開口部ができたことで、構造的な不調和が生じたのでしょう。それが周波の渦というかたちで起きたのです。隆起部ではありません。しかし、バランスをとろうと動く解放された力がからみあったのです。本来の場所では、はげしい稲妻をともなう嵐になったことでしょう」

マッシモはあらためてあえぐように息をすると、シートにぐったりと腰をおろした。

アトランはその音に耳をかたむけた。

「本当に眠っている！」かれは驚いていった。「トスタン、もしこの男が……」

このときスピーカーから同時にふたつの声が響いて、話がさえぎられた。

司令室の中央主シントロニクスが優先され、モニターが光った。

「物質塊の位置を確認、距離十光分。散乱放射の急激な低下により可能になります。測定続行」

ふたつ目はジャニュアリー・ケモ＝マサイだった。アフロテラナーのかれは、スペース＝ジェット部隊の隊長をつとめている。端正な顔が、ほかの内部通信モニターにうつしだされる。

「こちらマサイ、スキッパーへ。ジェット乗員二名がツナミ症候群で暴れています。二名は拘束されました。なにか薬をあたえましょうか？」

トスタンはブリッジで跳びあがり、自身の上位制御コンソールについた。

「いまはまだ使用しない。成型シートに拘束しろ。おちつくまでそのままにするんだ。ここでこれ以上、性急にプシオン薬を服用させるわけにはいかない。がまんしろ、ロドニナ。また医療の専門知識を披露してもらう必要はない。マサイ……本当に男たちだけの問題なのか？」

ツナミ艦のスーツよりも、東アフリカの草原で戦士として生きているほうがぴったりだとアトランが想像してしまうこの長身の男は、二列の輝く白い歯を見せて破顔した。

「本当です。妻たちは元気です。いつものように！」

「では、彼女たちに、しばらく患者の世話をしてくれるようたのんでくれ。回復に時間がかかるようであれば、ロドニナのところに連れていくように」

「すぐにそうすべきです」ロドニナ・コスナトロワが声をあげた。古風な白衣が、狼煙のように光る。彼女はそれをコンビネーションの上に着ているのだった。

トスタンは退けるように手を振った。シントロニクスが新しいデータをはきだした。それは驚きと不安を同時にいだかせるものだった。

全周スクリーンの大型モニターに、突然、恒星と五つの惑星からなる恒星系が輝きだした。ブルーに輝く星には、恒星質量が太陽系の太陽の何倍もある。

構造的な不調和による残留放射が霧散していくと、探知の精度も良好になった。

トスタンはアトランの熱い息をうなじに感じた。アトランは魅せられたように、ヴィデオ画面を見つめている。ギャンブラーは上半身をかたむけて、意味深長に語りかけた。

「実際、ありえないことです！　ハンガイ銀河の境界から六万光年もはなれた空虚空間のまんなかに、ブルーの巨大な恒星と五つの惑星があるとは！　この星位になにか意味を感じますか？」

「記憶がよみがえる。アルコン星系も同じように建造された。ただし、わたしの祖先は惑星三つで満足していたが」

「建造された、ですと？」ピッテンブルクが声を荒らげ、航法士席をはなれて近づいてきた。

「文字どおり、まさに建造されたのだ」アトランは認めた。「自然に生まれた恒星をわざわざ空虚空間に運び、さらに恒星のまわりを同じ軌道、同じ間隔でまわる五つの惑星を割りあてる作業を、ここでだれがしたのだろうか？　これを基準にすれば、温度、軸のかたむき、季節が同じ貴重な基地世界をつくれるということ。ほかの環境条件に合わせる必要など、まるでない。それがどれだけ実用的か、わたしほど知る者はいないだろう」

ピッテンブルクはまだ疑問をいだいていた。

遠隔探知のより鮮明になっていく画像をじっと見つめている。

「わたしも、この環境に天体が存在するのは異常だと考えてしまいます。ビッグバン以来、このように対称的にならぶ星位が自然に生まれるなどということはけっしてありません。しかし」と、とほうに暮れたような表情をする。「しかし、だれかがこんなことを成し遂げたのでしょう？　カルタン人でしょうか？」

トスタンがおそろしい声をたてて笑った。声帯がうまくはたらかないのは、内心の動揺をあらわしている。

「なにも考えずに命令にしたがうだけの者たちが、か？　わたしの記憶では、かれらは立派な能力のある者たちだと思っていた。だが、誤りだったと悟らされた。ここでいったいなにが起きているのか、だれにもわからない。アトランの親友、アフ＝メテムはどうでしょうか？」

「軽口をたたくな」アルコン人は文句をいった。「この星系は、自然に発生した物質塊からでしかつくれないと思う」

「設置されたものですよ」ユーリ・カッチェンコが言葉すくなに口をはさんだ。

アトランは狩人を品定めするように見つめた。カッチェンコとアルコン人は、《ツナミ＝コルドバ》艦内でツナミのスペシャリスト訓練を受けていないめずらしい存在だ。かわりにそれぞれに特殊な性質がある。

「正確に説明できるぞ」遠征隊長はいった。「われわれは星系を俯瞰《ふかん》していて、五つの惑星をそれぞれ問題なく認識できる。このようなことは、自然ではありえない。トスタン、惑星の表面の状態を知りたい」

「データはすぐに用意できます！」シンタが大きく声を発した。「惑星は直径や重力はさまざまですが、いずれにも酸素含有大気があり、上部には分厚い灰の雲が気団の境界となって存在しています。さらに、これらの惑星は軌道上で正確な五角形を築いています。極軸のかたむきがなく、つまり、季節が一定です」

「これほど偶然が重なるとは、どんな巧みないかさまゲームでも無理だ」トスタンが考察する。「シントロニクス……」

そこで言葉をとめて、すばやくスイッチを切り替えはじめた。アトランはトスタンの敏捷《びんしょう》に動く指先の動きに気づいた。なにもたずねることなくブリッジを出て、耐圧シートに向かって走る。

コンピュータはモニターに上位のシンボルをうつしだし、同時に指揮官の命令を実行した。

ピッテンブルクも今回は走り、艦内で発生している騒音は、そこに設置された、グラヴィトラフ貯蔵庫から膨大なエネルギー流を消費する主干満システムの起動音だと確認した。

シントロニクスは、パラ結合システムに異常はないと報告した。アンティテンポラル整流コンヴァーターが作動を開始する。

だれかが警告の声をあげた。トスタンはその声に耳をかたむけ、すばやく思考をめぐらせると、ある処置を決意した。それはいかにもかれらしく、アトランが冒険的だというものだった。

構造の不調和の危険な散乱放射は、驚くほど急速に減少した。同時にハイパー探知機は、良好になった反射エコーと、異質な放射を受信した。

モニターに三隻のハウリ大型輸送船のコンピュータ画像がうつしだされた。安定した構造亀裂から半光速の速度で滑り出し、わずか十光分先の星系に向けて進路をとった。

シントロニクスが突然、大量のデータをはきだした。

トスタンは異人の船に見おぼえがあった。メエコラー＝ハンガイでハウリ人の補給ラインをマン＝グロが攻撃したさいに似たような構造の船を見たことがあった。〝虎の王〟がこの輸送船のデータを送ってきていたのだ。

トスタンは、またかれらしい反応を見せた。特殊な本能によって、あとから考えれば危険と定義されるような行動をうながされたのだ。

輸送船の乗員は、通常は高度に専門化された戦闘乗員ほど注意深くないと考えられている。さらにハウリ人は隔絶した宙域にいて、知的生物だけが体感でここは安全という感覚と、ここでは監視されていないという安心感をいだいているのだ。しかし、通常の状況からの判断では、テラナーは不安をとりのぞけなかった。

その結果、ラトバー・トスタンはすでにくだしていたラビール・ゾーンへの浮揚命令を取り消し、すでに稼働していた機器を高速スタートポジションで続行させた。

偶然から探知されてしまうという多少の危険には、あえて目をつぶった。《ツナミ＝コルドバ》は空虚空間の荒野で、実際、存在を消しつづけることはできないからだ。アンティテンポラル機器のハイパー散乱放射は、それほど注意深くない乗員でも発見するにちがいない……もし時空構造の不調和の残骸がなかったら！　ラトバー・トスタンのような危険を好むギャンブラーはそれを計算にふくめていた。チャンスはいつでも充分にあるとわかっているのだ。

シントロニクスには計算すべきものが大量にあった。過負荷とは無縁だ。数万回も切り替え操作をおこなって五次元周波を確認し、数十億ものなかからハウリ人の乗員が五つの未知の惑星のうちのいずれかとコンタクトしたものを探り出すという作業から、あらためてそのとほうもない性能が証明された。

しわがれた声がアトランの耳にとどいた。ギャンブラーは「みごとだ」と、いいたかったのだろう。

上位制御コンソールのモニターにトスタンがあたえた言葉が表示される。短いものだったが、シントロニクスはそこから新しいタイプの論理プログラミング編成のなかの指示を受けとめた。コンピュータ結合体は、すぐにみずから働きはじめた。

シントロニクス専門家のチーフは自動システムが使えるスクリーンディスプレイで単独で計算していた。シンタはその結果を直接、内部通信で発表した。

「指示された危機処置はシントロニクスに受信されました。成功する確率係数は九十一パーセント。わたしたちの独自の放射は、開いた構造亀裂の残留散乱ラインとまちがえられる可能性もあります」

「そう願おう」アトランは浮遊マイクロフォンでいった。「きみは昔から変わらず野生のイヌだな、トスタン」

「わたしには、あなたがごくふつうの盗品テラナーのように話すのをこうしてまた聞けるとは、ほとんど神々の黄昏《たそがれ》に感じますね」スキッパーはうれしそうにいった。「友よ、聞いてください。胸に永遠の精力瘤をかかえる老人がまた、わたしがかつて知っていたアトランにもどりそうですね。そろそろ悪態もつくでしょう。その調子です、人類の師よ。盗品テラナーと呼ばれるのはいやですか？」

　アトランは思わず艦内コンビネーションの胸元の突起物を握った。ギャンブラーはこの細胞活性装置をなんと呼んだのか？　盗品テラナーという言葉も聞きもらさなかった。激怒したペリー・ローダンから、そんな名前でどなられたのは、ずいぶん昔のことだ。

「きみの偽りのマンモン神にじっくり火であぶられるといい、勝負師め」アルコン人は毒づいた。

　トスタンは賞讃するようにうなずいた。自分の思う指導者に、アトランはもどったようだった。

「ハウリ人が通常通信を送りました、三次元カラー画像コンタクトです」シントロニクスが突然告げた。「船隊は、われわれのいうボラム、ボルジ・アム・ドロアからきています。司令官が任務の完了を伝えました。荷おろしが終わり、ギルラトゥⅣへの着陸許可をもとめています。この惑星の正式名称はアラパです。アフ＝メテムがすでに到着しているか、確認中。詳細はまたのちほど。注意してください、スキッパー！　散乱放射が消えました。ATG航法をいま実行しますか？」

「だめだ！」トスタンは興奮してしわがれた声をあげた。「〝棒切れ〟どもは不注意だ。このままハイパーカム通信の傍受と分析をたのむ」

「それはATGフィールドの一秒先の潜在的な未来でも可能です。干満トンネルは四十五度の角度で設定することになるでしょう」

「本当か？　移行のさい、重要な情報を失うことになるだろう？　このおかしな宇宙でＡＴＧバリアがいつもどおり反応すると確実にいえるだろうか？　すでに最初の失敗があった。アルファ命令だ、シントロニクス。すべてのハイパー機器を停止し、侵入航行開始。残留速度で浮遊する。対探知作動。緊急発電によるエネルギー供給でフィールド強化。ハイパーエネルギー・パルスは放射無用。スタート！」

　アトランは魅了されたように生きている死体を見つめた。トスタンはまた、迷いのない決断力を発揮していた。それは指揮官のだれもができるわけではない。

　五次元指向性機器がたてる音が消え、かわりにはるか以前に量産が終了した高エネルギー変換機の典型的なうなるような音が聞こえるようになった。《ツナミ＝コルドバ》は突然、何世紀も前に銀河をわたっていたタイプの船に変わった。

　この試みが成功だったことはすぐに明らかになった。測定結果は嘘をつかなかった。最新型の機器に典型的な、光速で拡散して探知のされやすい、きわめて危険なハイパーインパルスの発生が阻止されたのだ。

　グラヴィトラフ貯蔵庫の五次元放射は避けられないが、九十六パーセントは急遽《きゅうきょ》つくられた対探知フィールドに吸収され、変換されたあと、四次元の通常流として船内ネットワークに供給される。

これも、船の建造技師ラトバー・トスタンの計画にしたがってつくられ、装備された新しい構造の艦の特徴だ。

《ツナミ＝コルドバ》の光速で作動する探知機も動きをとめた。目標物で反射する信号をひろい、コンピュータで画像や輪郭をしめすグラフィックに加工するインパルスは非常に危険だ。探知された物体をとにかく把握する、目標を定めて発信される探知ビームほどかんたんに発見されやすいものはない。

ほとんどすべてのヴィデオ・スクリーンが消えた。ハウリ船の放射だけは、まだコンピュータ結合体にとらえられている。

画質が悪化し、シントロニクスは高解像度のモノクロ・スクリーンに切り替えた。これも現代のほかの宇宙船にはない付加設備だった。

「まあ、いいだろう」トスタンは独りごとをいったが、艦内の全員にその声は聞こえていた。「さて、まずは興味深い会話をおちついて聞くことにしよう。紳士たちはたのしそうにおしゃべりしていますね。いいですか？」

かれはアトランを見やった。アトランはためらうように首をかしげ、反問した。

「われわれは本来、ナコード・アズ・クールを探しているのだ。一方、ハウリ人はアフ＝メテムが到着したかと確認していた。つじつまをどうあわせる？」

「いまその解釈を考えてるところです」ポージー・プースが金切り声をあげた。「まったくもってかならずいい考えがすぐに浮かびます。辛抱してください」

　アトランは、自身の特殊な皿にすわるキュウリ男を見つめた。二十本のちいさな指を同時に動かして働いていて、四本の腕は渦を描くように見える。パラレル・コンピュータ用の特別なプログラムを探し、入力している。

　トスタンは、ちいさな友のことは気にかけていなかった。すべきことは、すでにわかっている。一方、アトランの質問に、ギャンブラーは悩んでいた。

「なぜか、すべて合致しています。遅かれ早かれわかるでしょう。われわれ、時空断層への侵入を試みるべきです。もし、そこが自給自足の小宇宙なら、きわめておもしろいことが起こるでしょう。ただし、いっておかなくては……」

　トスタンがそこで間をとると、アトランは眉をひそめて、自身の気分をあらわにした。

「なんだ？」遠征隊のリーダーは不機嫌そうにたずねた。「なにを忠告したいというのだ？」

「時空断層のなかの小宇宙にあなたはいっしょにこられません」トスタンは冷静に説明した。「ストレンジネス・ショックを受け、あなたは数週間から数カ月は麻痺してしまうでしょう。ユーリ・カッチェンコも同じです。あなたがたはヴィールス雲の楯に守られてタルカン宇宙にきました。ですが、だからといって実際に免疫保持者になったかのような希望をいだいてはいけません。わたしのかつての睡眠者たちが苦情をいわずにこの段階を耐えられるかどうかも確信できません。かれらは二度通過しただけで、三回めは雲によって調整されたミニショックを受けただけですから」

アトランは、こうして論理主義者のトスタンに非難されるのは当然だとわかっていた。もちろん、かれのいうとおりだ。

「二度通過しただけ、か」アルコン人は考えこんでくり返した。「きみはすくなすぎるというのか？」

「ハンザの持ち株の五十パーセントを賭けてもいいですが、覚醒者のほとんどは、多かれすくなかれ短時間は脱落することになるでしょう。あなたは無力な赤ん坊になり、呼吸や食事などの自動的な反射運動しかできなくなって、ポージーとわたしで食事の世話をすることになるのです。それでいいのですか？」

アトランは胸に手をやった。コンビネーションの下に、細胞活性装置の卵形のまるみを感じる。

トスタンは気乗りもしないようににやりとすると、手を振った。

「その永遠の精力瘤は忘れてください。効果がどこまであるのか、だれにもわかりません。わたしにはリスクが大きすぎるでしょう。どうしますか？　あなたが指揮官です」

「遠征隊のリーダーだ」アトランはうわの空で訂正した。右手はまだ細胞活性装置を握っている。「実際、そうなった場合、機器がどう作用するか知ることは重要だろう」

「先ほど、わたしを勝負師といったのはどなたでしたっけ？　そんなテストは、時間がありあまっていて、リスクがなにもないときにするものです。あなたはいま、その両方の状態なのですか？」

アトランは、トスタンに反論するのをあきらめた。

「了解した」かれは決断した。「かわりにこの星系を調べてみよう。実行をまかせる。自分の裁量でたのむ」

ムラク・トブロン＝ハーンは安堵の息をついた。かれとアリ・ベン・マフルとの視線のやりとりで、アルコン人はすべてを悟った。

哄笑《こうしょう》すると、かれはからかうようにいった。

「ここの訓練を受けた乗員の詐欺師たちは満足そうだな。自分たちの幸せだけを考えているのだろう、どうだ？」

「筋道にかなっていますね」首席宙航士は動じずに返事をした。「それは自明なことで、語る必要もないでしょう。どうしますか、スキッパー？」

ラトバー・トスタンは立ちあがった。あくびをすると、上の入れ歯が下にさがって、音を立てた。

「失礼」かれはいった。「残念ですが、わたしはいくらかエネルギー不足です。このまま余力で航行をつづける。最低限の速度で漂流状態で進み、航路を修正しながら、恒星ギルラトゥをめざす。あの星はそういう名前だろう。しかし、航行は慎重に。推進エンジンの補助ノズルを位置修正に使用する。それによってハイパーインパルスを回避するのだ。そしてわれわれは、最高の親友よ」かれはそこで話をとめ、どことなくうれしそうに下にいるアトランを見やった。「われわれはこれから、古代テラの神話世界の神々のように食事をしましょう。その後、午睡をして、それからまた考えるのです」

　シンタは笑いをこらえた。アトランは天井に非難の視線を向けた。

「いいか」かれは話しはじめた。「バベルの塔の建築のさいに知り合った奴隷たちには、神々の食事を夢みる理由がたくさんあったものだ。よし、決まりだ。きみもそれでがまんするのだな」

　トスタンは考えこみ、重々しくうなずいた。

「ずいぶんひどいものを経験してきたんですね。ですが、ここではテラのほんものの保存食でもてなしましょう。わたしが《バジス》の秘密貯蔵庫を利用したいとたのんだのをご存じありませんか？　わたしの部下は病気の回復期にあり、きつい段階です。大きな羊のモモ肉を用意しましょう。さまざまな調理法を修練したテラナーの女性が準備したものです。きっとお気に召すでしょう」

5

《ツナミ＝コルドバ》は、ほとんど計測不能な速度で引力に引かれてギルラトゥ星系に向かって漂流していた。目的地までの距離はわずか十光分だったため、このほぼ相対的に静止状態の速度がちょうどよかった。

三隻のハウリ人の輸送船は、とっくにグラフィック・スクリーンから消えていた。船は星系の第四惑星におりて、さまざまな種類の放射につつまれてしまった。

待機しているあいだ、かれらは活発に飛び交う通信から期待以上の情報を得られた。ハウリ人はここは安全だと感じているようで、なにも気にすることなく全方向性のアンテナで送受信していた。

ブルーの恒星の五つの惑星世界で活発な動きが生じていることを把握した結果、今後の展開には奇襲こそが有効であるとアトランは判断した。

なにかの準備が着々と進められている。アフ＝メテムと直接関係あるにちがいないのは明白だ。

しかし、イマーゴについてはまるで言及されない。ペリー・ローダンの名前も、通信している者の口からはまったく出てこなかった。

そこから生まれた結論は、ボラムという時空断層の中の小宇宙が、探しもとめているナコード・アズ・クールとはべつのものかもしれないということだった。アトランは急いで計画を変更した。

目に見えない糸でつながる真珠のようにならぶ五つの惑星は、高温で砂漠のような地表の構造と気象条件が、ハウリ人にとっての理想的な環境と一致していた。上層に確認できる灰の雲は、火山活動がある証拠だった。

しかし遠征隊長の関心をひいたのは、その点ではなかった。

より重要なのは、その特有な放射から確認された巨大な工業施設だった。そのための探知行為から、ツナミ艦の存在を知られないように用心した。いずれにしても状況は刻一刻と危険度を増している。いずれ球型艦が発見されるのは、アトランにとっては火を見るよりも明らかだった。しかし、その事態は可能なかぎり、先延ばしにしなくてはならない。

遠征隊長は多くの危険を冒していた。潜在的な未来の領域では、通常の時空で観測するのと同じようには観測できないことはすでに明らかだった。

したがって《ツナミ＝コルドバ》は技術的につくられた星系の前にとどまっていた。

そこから観測すると、ギルラトゥ星系の惑星アラパは直径が最大であるだけでなく、人口密度ももっとも高い。個体振動からそれは明らかだ。

しかしもっとも重要なのは、惑星アラパの重工業施設だった。大部分が地下に設置されている。ハウリ人がなぜこのような手間のかかる建設方法を決断したのか、理由はまだ不明だ。

いずれにしてもこの星系では、非常に高度な技術が駆使されていた。アトランはためらいながら、アルコン人の祖先には、このような星位を建造することはきっとできなかっただろう、と考えた。当時、アルコン人の三つの世界は、すでに存在する恒星に向かって、比較的短距離を運ばれただけですんだのだ。

アラパと四つの惑星の状況については、まだ謎だらけだ。しかし、シントロニクスは、第四惑星の世界で最終生産物が製造されていると位置づけた。ほかの天体での産業はその下請けのようだった。

この判断は、すべてにおいて論理的に見えた。また、最終生産物が時空断層のなかのボルジ・アム・ドロアへ、大容量の船で運ばれているのも明らかだった。

時空断層内部の状況については仮説さえ立てられない。アトランは、ハウリ人が新しい物質シーソーを建造しているのではと漠然と推測していたが、それはシントロニクスに却下された。多くの事実がそれに反しているのだった。

*

アトランは搭載艇の第三格納庫の人員用エアロックに入った。旧式の戦闘ロボットに出迎えられる。

「よろしく」アルコン人はひやかした。「この船ではなにをふつうというのか知りたいものだ」

「すべてです！」トスタンの声が折りたたみ式の与圧ヘルメットのスピーカーからひびいた。「もしシントロニクスが停止して、ごくふつうのものがそのかわりになるようであれば、あなたは狂喜乱舞するでしょう。あなたのような男性にはわかりますよね」

アトランは、古代ローマのカエサルの軍団で日常的に使われていた悪態を口にした。その意味はだれにも理解できない。

内側の隔壁は、ふつうのハッチというより装甲門のようだった。もちろんトスタンの典型的な設計により、それは確実に動く蝶番《ちょうつがい》で回転する。優雅にスライドする施錠部品は、それを固定するさいの問題や、動かせなくなるまでかたむくことから、まったく評価していないのだ。

アトランは大格納庫に足を踏み入れると、あらゆるところに視線を走らせた。

ツナミ艦は、すみずみまで機械がつまった特殊任務のための球型船だ。むだな隙間はいっさいない。

　そのため、トスタンは搭載艇格納庫の配置にもいろいろ譲歩しなくてはいけなかった。既存の容積では、スペース＝ジェットの格納庫を個別に設置できなかった。解決法は、コルヴェット格納庫の内部を拡張し、二層に分けてそれぞれスペース＝ジェットを二機ずつ収容し、同じ外壁エアロックを使用するというものだった。それは悪くないアイデアだと、アトランは考えた。重ねて収容された二機の円盤型船の高さは、そのすぐそばに係留された六十メートル級の大型コルヴェットの球体の曲面よりも低い。

　特殊ロボットがあちこちにいるが、人類の姿はほとんど皆無《かいむ》だ。今回の出動のために選ばれたスペース＝ジェットの追加装備は終了していた。

「ご満足ですか？」よく響く声がした。

　わきを見ると、長身のアフロテラナーの姿があった。以前モニターで見た男だ。

「ジャニュアリー・ケモ＝マサイだな？」と、確認する。

　ツナミ・スペシャリストは破顔して立派な歯をのぞかせた。この船の技術宙航士で、多才を誇る者のひとりだ。

「はい、そうです。名前を完全におぼえていてくださったとは、うれしいですね。わたしは独創的な父の長男として生まれました。父は、これから生まれる息子たちに月の名をあてていけば便利だと考えたのです。そのため、最初の子供だったわたしはジャニュアリーになりました。ですが、子供は十月までしか生まれませんでした」

アトランはにやりとして手をさし出した。黒い肌の大男を、すぐに信頼することができた。人類の歴史を長く放浪してきて、こうした男たちと幾度も知り合ってきたのだ。

爽快な気分のまま、空間はひろいが、そのぶん、たくさんのものが詰まったホールに入っていく。下部デッキに格納されたスペース＝ジェットはTC＝SJ＝1、十名乗りの指揮艇だ。

「わたしが操縦します」マサイは自信に満ちた表情で説明した。「じつは、空間の問題で、五名分しかシートがありません。カッチェンコがどうにか処理するはずです。スキッパーは、地上戦のスペシャリストをなんとしてもはずしたくないのです。ロナルド・テケナーの特殊コマンド、〝自由狩人〟の一員だった人間です」

アトランは待機中の男たちに手を振った。ポージー・プースは半身をトスタン特製のベルトのケースに入れている。これでジェットには七名が乗れるということだ。しかし、ちいさなキュウリには席も不要だろうが。

アアロン・シルヴァーマンとアリ・ベン・マフルがまず船底エアロックに姿を消し、ミニリフトに乗って上の司令室に向かった。そこは三十メートル級の円盤艇の表面に設置された、透明なドームだった。

そのすぐうしろに、奥に収容された武器ドームのふくらみがあるのにアトランは気づいた。

「小型の最新世代のトランスフォーム砲です」トスタンは説明した。「スペース＝ジェットも新しい設計です。緊急の場合は自衛できます。どうやら」トスタンは話をやめて、アルコン人を上から下まで探るように見つめた。「あなたはネット・ウォーカーのコンビネーションをやめたんですね。悪くありませんでしたよ」

アトランはうなずいたが、まだ格納庫の設備の確認に夢中だった。コルヴェットの湾曲した側面に、信じがたいほど巧みに格子を組んで基本的な物資を詰めこんでいる。

「コンビネーション？」アトランはようやく目をはなしてくり返した。「ああ、たしかに、あれも悪くない。だが、あれにはいまでは不要となった機能が多く搭載されている……プシオン・ネット関連だ。だから新しいツナミ・スペシャル・セランを着用することにした」

「感情的な問題で？」トスタンは興味をしめした。

「そんなものだ。訊いてくれるな、友よ。奇妙な感情があることは、知っているだろう。ときにはそこに耳をかたむけるものだ。わたしの装備は積んであるか？」

「お望みどおりに。そろそろ時間です」

トスタンは左手首のコンビ機器に目をやった。かれもすでにＴＳＳを着用している。

「朝の挨拶をさせていただいてもよろしいでしょうか？」かよわい声が響く。無視されていると感じたポージーだった。

アトランは下を向いた。

「ああ、失礼。おはよう！」

アトランは急ぎ足でちいさな船底エアロックに入った。ケモ＝マサイは笑いをこらえながら、リフトのハッチを開ける。

「艦内のあらゆる場所と同様、いくらか窮屈ですが、そのぶん、これまで建造されたなかでも最高のスペース＝ジェットに乗ることになりますよ」

アトランがあがると、トスタンが船底エアロックの外側ハッチを施錠した。制御機器をたしかめるように見やる。

「十五分後にスタートだ、マサイ。それ以上の延長はない。カッチェンコをうまく収容してほしい。きびしい航法に入ることになるだろう」

ただし、スペース＝ジェットの隊長もそれはよくわかっていた。日付はＮＧＺ四四八年一月二十二日。この日のいずれかの時刻に、アフ＝メテムと呼ばれる謎に満ちた存在が、ギルラトゥ星系に到着するといわれている。

アトランは、自身とペリー・ローダンにヘクサメロンの威力を見せつけようとする相手を、より近くから見ようとかたく決意していた。

ただし、それはナコード・アズ・クールで起きるはずの出来ごとだったのだ。ケモは、探す場所をまちがえていたのだと確信している。

肩をすくめて、かれはスキッパーのあとについてのぼっていった。スタートまでにすべきことが、まだたくさんあるのだ。

6

TC＝SJ＝1は、第三複合格納庫のエアロック・セクターから、可能なかぎり最低限のエネルギーでスタートした。

ラトバー・トスタンとジャニュアリー・ケモ＝マサイは前方の横にならんで設置されたシートにすわっている。アトランの席はそのうしろで、すべての操作が視野に入っていた。

ムラク・トブロン＝ハーンが通常通信で連絡してきて、大きな顔が、前方のふたつの制御コンソールのあいだにあるモニターにうつしだされた。

「格納庫は密閉状態、換気も完了しました。ATG機器始動。われわれの姿が確認できるでしょうか？」

トスタンは探知スクリーンをわざわざじっくり眺めた。

「ラビール・ゾーンへの移行は順調のようだ。われわれ、気づかれずに航行するため、きみの放射を利用する。アラパで、ここの出来ごとを解明しよう」

「了解しました！　ご幸運を。われわれは指定された位置で待機しています。移行完了までであと一五〇八秒。それまでに速度をあげられるか確認してください。失敗すると、早々に探知されてしまいます」

ケモは操縦をはじめた。すべきことはそれほどない。ツナミ艦の搭載艇にも、最新の論理プログラミング編成が装備されているからだ。

グラヴィトラフの出力付近で、上昇する反動推進力吸収装置の音が、変換処理の音と混ざる。装置から放出されるハイパーエネルギーは、メタグラヴ・プロジェクターの必要な量に合わせる必要がある。

吸収装置が主コンピュータへのインパルスと同調したのが確認されると、すぐに予定している航行方向の重力中心が設定された。

放出された場所からはなれようと、搭載艇は加速しつづけた。

新型のツナミ艦搭載のスペース＝ジェットは、最大加速度が九百五十キロメートル毎秒毎秒に達する。

アトランの目は、強大な《ツナミ＝コルドバ》が瞬く間に通常観測のスクリーンから幻影のように消えていくのをとらえた。

いま放たれた膨大なエネルギーを感じとった者はいなかった。ただデジタル遮断機の充電表示だけが、このようなはげしい航法によって、完全に満タンになったグラヴィトラフ貯蔵庫からとめどなくエネルギーが消費されているのを証明していた。このエネルギー消費は、通常のスタートの何倍もの量だった。

「時間経過、変わらず維持」アアロン・シルヴァーマンが、ちいさなドーム司令室から報告してきた。

　トスタンはうわの空でうなずいた。トブロン＝ハーンに指定された時間内に半光速に到達したい。エネルギー消費が高いことについては二の次だ。

「アリ、《ツナミ＝コルドバ》から発生するハイパー・シャワーはどれくらい強い？」

　アリ・ベン・マフルは、この質問を待っていた。それは生命にかかわる問題だった。

「われわれの仮想Gポイントを五百パーセントもオーヴァしています。これでアラパではハウリ人も忙しくなるでしょう。そうでなければ、これ以上こうして探知されない理由がわたしには理解できません」

　アトランはあらためて制御装置の表示を確認した。第四惑星からの放射は、非常に強く、多様だ。

「この現象がこちらに注意が向いていない理由かもしれない」かれは表示をさししめしながら話した。「いったい、あそこでなにが起きているのだ？　まるで宇宙の遊園地のようだ。おまけに、かれらはじゃま者はいないと感じている……本質的な問題は……」

　シントロニクスが警報を発した。アトランは話を途中でやめた。

モニターに光の点が浮かびあがった。コンピュータグラフィックスが変わっていき、識別できるようになる。

主コンピュータがなにも確認しないうちにエンジンを停止させた。推力吸収装置が切れた。同じ瞬間、対探知バリアが生じた。

この段階で、シントロニクスが緊急事態を想定していたことが判明した。シントロニクスが音声で報告してきた。

「ハウリ人の戦闘艦隊です。十二隻が、アラパの大気圏を離脱しました。時空断層に向かっています。安全対策が必要です。《ツナミ＝コルドバ》はＡＴＧ航法までにあと十一秒かかります。先刻指示した航法は中止します」

ポージー・プースは、スヴォーン人の小型入力機器の前で特別シートにしゃがみこんでいた。四本のちいさな手を同時に動かし、数秒後、結果を告げた。

「解釈します！　ハウリ艦隊は現在の航路で母艦の位置に到達できます。この部隊のスタートが《ツナミ＝コルドバ》の独自の放射と関連している確率は四・〇三パーセント」

「それは偶然というべきだろうか？」アトランは疑った。「もう一度データを見てくれ」

「まったくもってこれ以上つけくわえられることはありません」スヴォーン人はさえず

るようにいった。

開いたままだった船底ハッチから大きな音が響いた。一瞬、ユーリ・カッチェンコの耐圧長靴が見え、つづいて明るいブロンドの針のような髪がのぞいた。

「無重力で、失礼！」口数すくなく、上に呼びかけてくる。勢いよくからだを突き出し、ふたたび降下した。そこは休憩室だった。

トスタンは悪態をつくと、狩人のあとから声をかけた。

「お客にもシートベルト着用の義務がある！　それとも自由落下の法則は自分には関係ないとでも？　いまは技術で重力を発生させるのは禁止だ」

シートを回転させてもとにもどすと、トスタンは探知スクリーンを見つめた。色彩あふれるラインがからみあい、花火のように光っている。一瞬後、ラインが集結した。かすかに構造ショックがあった印だ。

「《ツナミ＝コルドバ》は浮揚完了。安全です」シントロニクスが報告する。「航行速度は単純光速の四十六・五五パーセント。あらたな加速は無用でしょう」

ケモはインパルスでこの警告を確認した。論理編成は、これからすべきことを知っていた。

ショック前線が急速に生じる。アトランはくるべきものを待ち、予想どおりの展開になった！

放射は探知され、今回は観測までされていた。この五次元の波前線に気づいて考えた者がいたのだ。

散乱放射がおさまったとき、スペース＝ジェットの受信機が音をたてた。ハウリ人の戦闘艦隊の司令官が、ギルラトゥ星系の司令室に連絡している。

かれは効果を報告し、どんな意味があるのかとたずねた。その情報に破顔したのはアトランだけではなかった。

応答した者の姿が、テラ艦のモニターでも確認された。かれは平然と司令官に、ボルジ・アム・ドロアで構造亀裂のあらたな開口部をつくるための作業がおこなわれた結果だと告げた。

不審感をいだいて通信した司令官は満足し、ハイパーカムの接続が切れた。

アトランは成型シートにもたれて嘆息した。

「もし、ここでわれわれに好意を持つ者がいるなら、それはまちがいなく、アフ＝メテムではないな」かれは予言するようにいった。「チャンスをつかんだぞ。また亀裂が生じたら、前回と同じようなサーカスを経験することになる。異論はあるか、トスタン？」

ギャンブラーはうなるような声をあげてから、よりはっきりした声で反論した。

「ずいぶん偶然が重なりすぎている気がします。もちろん、こういうこともふつうにあるでしょう。ただし五つの世界すべてから、まったく注意を向けられていないというのには、疑問を感じます」

「実際、明らかに注目されていない」

「だからこそです！　ハウリ人は能力の高い知的生命体だとわかっています。それなのにどうしてこの星系ではこれほどいいかげんなのでしょう？　探知の恐れがないから？　いえ、なにかとほうもなく重大なことに取り組んでいるのです。かれらはここでもっともかんたんな安全対策さえおろそかにしています」

「翻訳要員がなにか言ってますよ、スキッパー」アアロン・シルヴァーマンの通信が入る。「通常通信の会話のなかにちりばめられていた暗号メッセージです。したがって、すこし注意する必要があるそうです。ちょっと待ってください！……ここに解読された文章があります。通信者は艦隊司令官に、もうすぐ〝試運転〟がはじまると報告していました。追加で、もうすこし出てきそうです」

「試運転？」アトランはゆっくり言葉をくり返した。「それだけか？　ほかに情報は？」

「出てきました！　少々お待ちを」

シルヴァーマンは、翻訳要員であるポージーがさらに分析するのを待った。そしてこのちいさな男が話をはじめるより先に、アアロンはためらいながらいった。

「なんのことだかわたしには理解できないよ。翻訳がまちがってるんじゃないか」

「まったくもって、ちゃんと解読できてますよ！」ポージーのあげた大声には苦しそうな響きがあった。二本のちいさな両手で頭をかかえる。トスタンは、その助けをもとめるような視線に気づき、時間をむだにすることなく行動にうつった。

「シントロニクス、人工重力を〇・五Gまであげてくれ。われわれ、現代の宙航士は、これ以上、この環境に慣れるのは不可能だ。多少の放射のリスクは冒さなくては」

コンピュータはいつもの正確さと迅速さで重力を切り替えた。ポージーが苦情をつらねるより早く、通常の半分の重力が設定された。

アトランは顔をひきつらせながら、つばをのんだ。

そのときの咳ばらいは、ギャンブラーの困惑しきったような咳といい勝負だった。

だれもが結果をもみ消そうとしたあの事件が、話題にのぼることはなかった。

「解読できました」ちいさなキュウリは安堵したようにくり返した。「〝試運転〟という言葉につけくわえられたのは〝炎の嵐作戦〟でした。まったくもって解読と翻訳は完全にまちがっていません」

アトランはあらためて深呼吸をした。付帯脳が、かつては無重力状態という変化は大歓迎だといっていたなと嘲笑するように指摘するのを、怒って眉をひそめ、無視する。

「試運転と炎の嵐作戦か」アトランはいま聞いた言葉をくり返した。「アフ＝メテムや炎の侯爵という言葉が関係ないというのなら、まったく驚くしかない。どうやら、スキッパー、ギルラトゥ星系で動きが活発になっている理由が見つかったみたいだな」

トスタンはふたたび制御装置の表示を確認した。

ブルーの星ギルラトゥまでは、わずか九光分。

「目的地到達は制動操作をふくめて約四十分」かれは考えながらいった。「あまりはげしく動かないほうがいい。目立つといけない。アラパにはまだ着陸するつもりですか？」

アトランはもう長くはためらわなかった。ローダンの消息をなにか知ることができるかもしれないという希望が、心に芽生えていた。そこでアフ＝メテムが重要な鍵をにぎっているようだ。

「いましかないのだ！　この星系の最大の惑星での騒ぎに、まさに呼ばれているように感じる。われわれは多くの艦船が使用している待機軌道に入る。なにがあっても、通常ではない方法で大気圏に侵入してはならない。未知の物体として認識された場合、われわれがハウリ人をよそおった場合よりも、はるかに危険が大きくなるだろう。ようすを見てみよう」

約二光分はなれたところで、ハウリ人の戦闘部隊がボラムに向かって高速航行していた。小型スペース＝ジェットには探知ビームすら向けられなかった。そのため、いかなる反射もなかった。独自の放射は微々たるもので、ハウリ艦のエンジンのエネルギーの渦にまぎれてしまう。

トスタンの人さし指が架空の方向をさししめした。

「マサイ、聞いたか！　もっとも厚い山に飛びこむぞ。ポージー、軌道上を周回する船の密集度を確認してくれ。ここからなら可能だろう。船が着陸許可を待っているのはたしかだ。われわれもそれを得よう」

*

アラパの内部のデータが算出された。赤道部分の直径は二万五千キロメートル、重力はわずか一・二G。つまり密度が低い。三十二時間で自転しているため、生物に必要な……必要なだけ長い夜間があった。アトランは、この暗闇の時間を些末《さまつ》なものとはまったく考えなかった。すべてのハウリ人が探知機を装備しているわけでもないだろう。数分前、トスタンは着陸した大型輸送船の放射の波を利用して、メタグラヴ・エンジンの短い制動吸引作用で軌道上の公転速度を抑制した。

速度が低下した結果、TC＝SJ＝1は輸送船につづいて大気圏に侵入した。輸送船から発生する乱気流がうまく対探知の楯となる。

TSSの与圧ヘルメットは閉じられ、生命維持装置が作動していた。万が一、損傷があった場合の、生命にかかわる重要な措置だ。

スペース＝ジェットの円盤状の胴体は、密度の高くなったガス領域で航空力学的な特性にすぐれた全船体主翼になっていた。シントロニクスは、飛行機のように伸ばした補助舵でこれを制御した。

この対策により探知される恐れがある放射装置の使用は避けられたが、乗員は惑星大気圏への宇宙船の再突入にともなうすべての困難を強いられることになった。

そこでアトランは、せめて航行方向に有効に作用する反撥バリアを形成させることにした。空気の摩擦抵抗によって大きなセル部分の予期せぬ温度上昇を防ぐのだ。しかし、一方、それ自体が危険なものだった。

無数の灰の粒子が散在する大気圏の密度が濃くなるほど、三十メートル級スペース＝ジェットの前方ではげしい発光現象が生じる。ついに反撥バリアは、それまでイオン化していたガスや大きな粒子を強く反撥させ、曲線を描く船首の前に光る発光ガスの波が形成された。

「やはり、こうなったか！」トスタンの声がヘルメットのスピーカーから響く。「夜の側の半球に侵入したら、彗星に見えるだろうな」

「暗闇のゾーンに侵入するさいには落下角度と移動距離が変化します」シントロニクス

が知らせる。この問題をすでに計算していたのだ。

ケモ＝マサイはヘルメットの通気孔が作動するのを感じた。額に浮かんだ汗がひいていく。着陸しようとしているハウリ人の宇宙船が、まさに炎の球を前面にぶらさげて進んでいるという事実が、全員にとってのなぐさめだった。摩擦係数の高い灰の粒子は、この大型船にとって危険なものになっていた。反撥バリアで航路から外に放り出すしか選択肢はない。

昼のゾーンから夜のゾーンへの移行は突然起きた。強く圧縮されていまや白く燃えあがるガスは、中央のドームに飛びこむかのようだった。アトランは思わず目をつむった。

数分かかって、光の現象はようやくおさまった。シントロニクスが急降下を終了して船体を引きあげる。搭載艇のはるか下には、奇妙なかたちをした光景が流れていた。活火山の炎の輝きが見え、ここが典型的なハウリ人の世界だと確認できた。

暗闇に目が慣れると、ケモが透明なドームの天井をさししめした。

「杞憂《きゆう》だったようだ。見てください！　輸送船はまさに流星が衝突しているかのようです。あれにくらべたら、われわれの火の光など問題にもなりませんね」

アラパの漆黒の空には、星の光はまったく見えなかった。かわりに、着陸しようと飛行する宇宙船によって生じる、尾を引く炎が数多く見える。さまざまな宇宙船の描く軌道の曲線は、夜の側の半球にひんぱんに入っているようだった。

「探知インパルスにとらえられた形跡はありません」シルヴァーマンが告げた。「われわれは気づかれなかったようです。五分以内に目標地点に達します」

　山岳地帯の上空三キロメートルのところで、自動装置が航空力学的な飛行を終了させた。フィールド推進装置にスペース＝ジェットはゆだねられ、ゆっくり降下して、割れ目だらけの山腹に向かっていく。

　機器のたてるちいさな音だけしか、もはや聞こえない。そこにときどき、スタートする宇宙船の大きな音が重なった。

　ユーリ・カッチェンコの上半身が船底ハッチから突き出した。外を一瞥《いちべつ》すると与圧ヘルメットを開き、ベン・マフルの足にしがみつく。

「火山か？」かれはたずねた。

　トスタンもまたヘルメットを開き、うしろにたたんだ。探るように空気を吸いこむ。呼吸可能で、話に聞いていたとおり、有害な微生物はふくまれていない。シントロニクスが司令室に異世界の大気をとりこみ、換気した。

「地獄ではこんな匂いがするのだろう」アトランは冷静にいった。「活火山の山腹に着陸するというのは、まだ正しいと思うか？」

　ラトバー・トスタンは自身が話しかけられたのを感じた。乾いた咳で言葉をつかえさせ、呼吸しようとあえぎながら、かれは説明した。

「つねに、理性のある者ならけっしていかないようなところにかくれるべきです。おまけに、われわれの技術的な補助具には、緊急の場合、火山の噴火に対応できる力は充分あるはず」

アトランはシートベルトをはずし、シートから立ちあがった。浮遊する飛翔体の上空千メートルでは、自然の力が猛威を振るっていて、低く響く音が絶えまなく聞こえてくる。

火の粉をふくむ赤々とした火山灰がひろがって暗い空をおおいつくす。

シントロニクスは乗員に、着陸地点を決めるか、スペース＝ジェットの操縦を自分たちでするようにとうながした。

トスタンは二番めの方法を選択した。暗闇が炎の現象で照らされ、視界は悪くない。残光増幅スクリーンでは地形が完全にとらえられている。

「あそこ、山腹の張り出し部の下に、たいらな岩がある」かれは説明した。「高さ十五メートルのスペース＝ジェットを着陸させるのに充分な空間がありそうだ。着陸衝撃フィールドは不要。地盤がかたいので、補助の支柱を支えられるはず。ためしてみよう」

ジャニュアリー・ケモ＝マサイは非常に注意深く機体を操縦した。十分後、固定装置が岩の上に伸びて音を立てた。負荷をかけても問題ない。最後の機械の音がやんだ。

「アラパへ、ようこそ」カッチェンコが挨拶した。しずかな笑い声が沈黙を破った。

トスタンも立ちあがり、からだを伸ばした。アトランは、骨がきしむ音が聞こえるような気がした。

「そうだ、ようこそ」トスタンは考えこみながらくり返した。「さあ、どうします、アルコン人？　南に約三十キロメートルの地点に宇宙港があります。そこから工業施設がひろがっています。港の西側には、かなり大きな都市が認められます。ローダンや炎の侯爵たちを、どこから探しはじめますか？」

　アトランは、この探るような視線を避けなかった。トスタンのデスマスクは、火山の明るい炎にちらちら照らされ、色とりどりのモザイクでできた仮面になったようだ。羊皮紙のような肌も奇妙に反射している。

「それほどかんたんな話ではないな？」アトランは声に出して考えこんだ。

「まさに！　《ツナミ＝コルドバ》は一秒遅れてわれわれの上空にきます。干満トンネルを抜けてわれわれを探し、短いインパルスで成功したと告げるでしょう。すくなくともそう願いたいものです！　だからアフ＝メテムが到着するまで待つ時間が、われわれにはあります」

　アトランは、かつてのＵＳＯスペシャリストの奇妙な論理を思い出し、また違う方向から考えた。

「つまり、ペリーがアラパにいるというのを疑っているのか？」銀河ギャンブラーは思案するように外を見やった。火山はあらためてのこった灰の燃える粒子を撒き散らしている。

「わたしはその話を信じたことは一度もありません！」

アトランは飲料ボトルに手を伸ばし、唇にあてた。トスタンは古老が気分転換をするまで待った。

アトランは手の甲で口をぬぐっていたが、その言葉ははっきりと聞きとれた。

「つまり、そういうことか！　では、ここでなにが生み出されているのかを調べるつもりなのだな」

「そのとおりです」トスタンはあまり気が進まないように答えた。「時空断層について、帰納的推理ができるようになるでしょう。ローダンはおそらくべつの場所にあらわれます。直感がそう物語っているのです。まずマイクロゾンデを送ってはどうでしょうか？　気づかれずに動けます。それから成果の出そうな場所を探すのです」

アトランは飲料をホルダーにもどした。思案しながら、黙って話を聞く男たちを順に見ていく。ポージー・プースは呼吸が苦しそうだ。この大きな世界の重力の一・二Gがつらいのだ。アトランも圧力を感じていた。エネルギーを消費する中和フィールドを作成することは、状況が明らかにならないかぎり、考えることすら許されない。巨大な通信・探知ステーションがこれほど近くにあっては無理だ。

「ためしてみよう」遠征隊長は決断した。「アフ＝メテムにはとにかく注意をはらうこと。かれが到着したら、ここでさまざまなことがはじまるだろう。やってくれるか、ポージー？」

ちびはどうにかうなずいた。このまま長くこの状態がつづくのはかれには耐えられないと、だれもが知っている。かれをこのような状況に置くのはまちがっていたのだ。トスタンは大胆な言葉でそれを表現した。

「われわれギャラクティカーは、天才になった弱者の集まりで、異世界の条件下で技術的な補助もなくては、哀れにも無力なのをさらけだすしかないのだ。とにかくがんばれ、キュウ公。スーツのメド・システムは、すでに対処してくれているのか？」

スヴォーン人は弱々しく手を動かした。特別にかれの代謝に合わせた薬がなかったら、とうに呼吸できなくなっていただろう。

トスタンがアリ・ベン・マフルに合図すると、マフルは黒い巻き毛のはえた頭でうなずき、同意をしめした。かれは理解し、このきゃしゃな知性体が、誤ってかたくなにがまんをつづけ、みずから死んでしまう前に、行動するつもりだった。

7

ユーリ・カッチェンコは目をしばたたかせながら、ひび割れた土地を見おろした。スペース＝ジェットは地上から約二千メートルの高度にあった。円錐形の火山の先はさらに千メートルほど上にある。

このような種類の自然の形成物としては、本当に大きいものに数えられる山ではなかった。さらに東には、高さ八千メートル級の巨大な山が暗い空にそびえている。一時間前、この山は膨大な量の溶岩と灰の塊りを噴出した。そのため人工的につくりあげられたこの星系のブルーの恒星は、見えなくなっている。これがアラパでは通常の光景のようだった。

カッチェンコはツナミ・スペシャル・セランを着用していた。TSSにはさまざまなサイズがあり、それによって大きさや性能が異なる維持システムに接続できた。カッチェンコはそれが重たいのを承知の上で、大きいサイズを選んだ。それが生きのこるためには重要だと考えたのだ。

ポージー・プースはすでに二日前に自身のＴＳＳの反重力フィールドを作動させる必要に迫られた。正確にいえばアリ・ベン・マフルが、スヴォーン人の呼吸がとまった瞬間に、それを作動させたのだった。

これまでのところ、小型構造物の放射はかなりおさえてはあるものの、やはり存在していた。しかし、それはまだ探知されていなかった。

ユーリ・カッチェンコの個別走査機が反応した。有機生命体が基地に接近している。かれは横たわってわきに転がり、あらためて自身の動きの鈍さを呪い、スペース＝ジェットを見まわした。

機体は張り出した岩の陰に巧妙にかくされている。岩は部分的に半メートルの高さがあり、溶岩のかけらと冷えてかたまった火山灰でおおわれている。

噴きあげられた火山の塵《ちり》は、ＴＣ＝ＳＪ＝１の曲線を描く円盤形の胴体の上の透明なドーム部分までおおっていた。人類としては、視覚的に発見することはできないと判断する。

ユーリは手をあげた。こうして動かすのも、ときとともにむずかしくなっていく。重力がわずか二十パーセント上昇しただけで、からだがどれだけ蝕ばまれることか、それはほとんど信じられないほどだった。徐々に体力を奪っていく、やむことのないプロセスだ。

中央ドームの装甲物質の向こうで、見張りをはじめたばかりのジャニュアリー・ケモ＝マサイが手を振っているのが見えた。狩人はさらに一時間、この風がそよとも動かない灼熱のなか、耐えなければならない。

恒星は七時間前に昇っていた。灰の雲にさえぎられて薄暗くなった光で、けわしく切り立つ山腹の麓《ふもと》に冒険心をかきたてられるような反射がひろがっている。

ユーリは手袋で額をぬぐった。汗はとっくに乾いている。機器の表示では日陰の気温は四十三度だった。

かれは探知機の指示を目で追い、峡谷や割れ目に、上に向かってすばやく動くからだがあるのを発見した。

ラトバー・トスタンだった。アトランはすでに一時間前に到着していて、いまは艇内の涼しい空間で休んでいる。

トスタンは、あらゆる張り出し部を巧みに利用して、岩のプラットフォームの端にたどりついた。

そこで足を前に伸ばしてからだを固定し、ＴＳＳの飛翔機器のスイッチを切る。その結果、すぐにまた、反重力フィールドの作用で感じなかった重力を感じることになった。

ヘルメットは肩の支持部で自動的に折りたたまれた。

ユーリはもの知り顔でにやりとした。スキッパーの悪態はめったに聞けないものだったが、この状況下ではふつうになっていた。

「その調子でどうぞ」かれは陽気に勧めた。

「おしゃべりめ！」生きている死体はしかりつけるようにいった。その声は、長い探検を終えたばかりの原始の鳥の鳴き声のようだった。

「わたしが？」狩人は驚いた。「とんでもない！」

トスタンは背嚢《はいのう》をコンビネーションの留め金からはずし、内蔵の自動制御でスペース＝ジェットの、開いたままのエアロックのなかに飛ばした。後部の扉はものがつまっている。

筋骨隆々とした男をトスタンは疑り深そうに見おろした。ユーリは啞然としている。

「自身の反応炉は稼働させていないですよね？　空調とか、前進するためとか？」すると返事が聞こえた。

「わたしはむしろ苦しみたいんだ」とがめるようにいう。

トスタンはよくわからない言葉をつぶやき、落ちくぼんだ目で平原を見おろした。はるか彼方、熱風につつまれた宇宙港の塔が見え、鬼火のように揺らめいていた。

「あそこで受け入れの準備をしている」かれは突然説明した。カッチェンコの水のボトルから数口飲むと、トスタンの声はふたたび聞きとれるようになった。

かれはスペース＝ジェットを見わたした。アトランがちいさなエアロック室にあらわれた。高さ十五メートルの船体に収容するための部品があり、からだを低くかがませるしかなかった。

「安全のための代償ですよ」ギャンブラーは笑い、カッチェンコの隣りに仰向けに寝転がり、アルコン人を待った。

　アトランはしゃがみこみ、両手でさらにからだを支えた。呼吸が苦しそうで、細胞活性装置がはげしく動いているようだ。しかし、かれはそれを気にもとめていない。

「そろそろがまんも限界だ」かれは直接的にいった。「次の日の出は待つが、その後、スタートする。あんなやつは、悪魔に食われればいい。われわれはナコード・アズ・クールを探す。近くにあるはず」

「アフ＝メテムのことですか？」トスタンは楽しそうだ。「かれはきますよ！　港はすでに狂乱状態だ。町の近くのコンピュータ・ステーションでは、コンピュータがはげしく動いている。そこには独特な回路が用意されてました。わたしにはなにひとつ理解できませんでしたがね。それも多様な技術やシステムに取り組んでいましたよ」

「なかに入ったことがあるのか？」アトランは唖然としてたずねた。

「狼の穴に入らなければ……いえ、正しくはなんといったでしょうか？」

「虎穴《こけつ》に入らずんば、だ」アトランはすぐに訂正した。「さあ、話してくれ！　なにか発見したか？　〝試運転〟をしめすものはあったか？　この〝炎の嵐〟はなにをあらわしている？」

トスタンは足を伸ばした。

「わかりません。ここにいる〝棒切れ〟どもは、さまざまな種族の出身でした。方言や独立した言語はトランスレーターでもお手あげのようです。そのため、ハンゴル語が公用語になっていました。地下深くに巨大なエネルギー変換施設があるにちがいありません。わたしはそこで、本当に効果的な最初の防御装置にぶちあたったんですよ。それは特殊な手段を使わなければ侵入できない、すぐれた防御バリアでした。でも、ここにはそんな特殊な手段はありませんからね」

耳をかたむけているアルコン人をかれは観察し、何度か深呼吸をしてから、意識的に冷静に話をつづけた。

「捕虜を尋問したら、それについてたしかな情報を得られるでしょう。ただし、迅速性がもとめられます。かれらは科学的な実験の過程で、多かれすくなかれ不自然に命を奪われているのです」

アトランはおちつかず、ギャンブラーを見おろした。

「捕虜とは？」

「わたしはジュアタフ・ロボットとベングエルを見ました。個別探知機によって異人たちのところへ導かれたのです。偶然でした。実際、町に向かって飛ぶつもりはなかったのです。武装した飛翔機のせいで、針路を変えることになったのです。どうです、気にいりましたか？」

「ここはまったく気にいらない。たしかに犯罪行為なのか？」

トスタンの顔が無表情になった。目だけが燃えているように見える。

「それは考え方しだいです。ここは異世界の環境。ここではなにが犯罪で、なにが犯罪でないのでしょうか。自分の目でたしかめてください！　ただし、武器は置いていってくださいよ。あるいは自制心を鍛えてください」

アトランは、かつてわが最高の部下と呼んだテラナーを探るように見つめた。トスタンは自分の気持ちをかくしている。今回の体験がきっと気にいらないのだ。

遠征隊長は立ちあがり、フライト・デッキの埃《ほこり》をはらった。声を荒らげることなく、かれは指示した。

「身支度して、食事をとるんだな。睡眠は六時間。夜が明けたら、スタートする。ユーリ、きみもいっしょにくるんだ」

アルコン人は引きずるような足どりで歩き出し、艇底のまるみの下に消えた。

トスタンはからだを起こした。その問いかけるような視線に、狩人は通常にはないほど多くの言葉を口にした。

「かれはひどく驚いていましたね！　わたしは武器を持っていきますよ！」

「わたしがどうすると思う？　さあ、キッチンロボットのところにいこうぜ。脱水食品を調理させたとき、誤作動でほんものの缶詰の肉がまたどろどろのかゆになったりしたら、たまらないからな」

＊

アアロン・シルヴァーマンは、あらゆる身ぶりと下品な言葉で不快感をあらわにした。アリ・ベン・マフル、ケモ＝マサイと機内にのこるよう命じられたからだ。もともとは特殊作戦のために乗船していたポージー・プースも、メンバーからはずされていた。しかし、アアロンはまったく衰弱を感じていなかった。強い重力の負荷も、二十四歳という若さでなんなく乗りこえられている。

ユーリ・カッチェンコは、艇の閉まっている外側ハッチの横で辛抱強く待っていた。かれとトスタンのスーツはすでにチェックがすんでいる。アリはちいさなリフトに立ち、アアロン・シルヴァーマンがシントロニクスの走査器を読みあげるのを見ていた。

「一度くらい参加させてもらってもいいじゃないか」かれは不平を漏らした。「遠征隊長とツナミ艦の艦長を同時に危険にさらしてはいけないというほうが論理的だろう。こんなのは、あらゆるルールに反している」

「たしかに！」アトランは冷静に認めた。若いテラナーの苦しみはよくわかる。

アアロンは顔を輝かせた。

「やっとわかってもらえましたね！　すくなくともスキッパーには船にのこってもらったほうがいいでしょう。かれにはすぐに休息が必要だし……」

「きみの経験と独特の勘は、かれと交換できるものなのか？」アトランは技術科学者の話をさえぎった。

　ラトバー・トスタンは自分の武器を確認した。エアロック室の薄暗い赤い光のなかでは、かれは以前にも増してハウリ人のように見える。

「いつかかれは、自身の権利は意見が正しいと認められたときに主張できるものだと、冷静に理解するでしょう。だから安心しろ、わが友アアロン。わたしの場合、ひどく時間がかかったが。われわれは、きみと、きみとともに苦しむ者たちを信頼している。危険が迫ったら、打ち合わせたとおり、介入してくれ」

　アトランは残念そうな仕草をした。

「そういうことのようだな、アアロン。わたしの機体は順調か？」

「うれしそうに声をあげていますよ。途中で専門家を呼ぶ事態にならなければいいのですが……」

　アトランはそっと笑いながら、ハッチに向かって歩いた。赤いライトが消えた。ユーリとトスタンが先にスペース＝ジェットを降りる。

曲線を描く船体の外で待つ仲間のところについたときには、アトランは汗でびっしょりになっていた。岩に両手をついて、どうにかからだを伸ばす。トスタンも息が荒い。ユーリはＴＳＳで処理しきれない過剰な負荷によく耐えていた。

遠くはなれた火山が、血のような深紅の空にあらためて光り輝く巨大な物質の塊りを噴きだしている。トスタンは本能的に上を向いた。上にそびえる噴火口は、変わらずとどろくような音を立てている。

「あの燃えあがる友はもう長くはがまんできないだろう」かれは案じた。「一刻も早くかたづけなくては。できるだろうか？」

アトランは、溶岩や灰の塊りの放つ多様な光のなかで可能なかぎり、あらためて周囲を確認した。

「できる」かれは断言した。「トスタンが導き手だ。中波で通信する。それに……」

かれは命令するような目つきでふたりの男を見つめた。

「われわれは招かれざる客だ。通常では耐えられないような物事と対決することになる。だから、自制するのだ。われわれは裁判官としてやってきたのではない。もちろん死刑執行人としてでもない！」

トスタンは背を向け、ヘルメットをとじた。アトランの言葉を受け入れるしかない。

通信テストは満足のいくものだった。反重力フィールドが作動し、強い重力でかかる圧迫感が軽減された。

三名のからだが地面から浮きあがり、姿勢制御で安定すると、補助エンジンで加速した。

補助エンジンは大気中のガスに依存しているが、どんなところでも確実だという利点がある。アトランは、吸引されて温まり膨張した空気が気流となって排出される断続的な音に耳をかたむけた。無重力の状態での通常の推進力としては充分なものだ。

まったく妨害を受けることもなく、三名は岩のプラットフォームの縁を滑るように飛んでいった。眼下に突然、深淵が口を開けた。トスタンは、特徴的な溶岩の流れをさししめした。

燃えたぎる溶岩が平原へとゆっくり流れていく。

「あそこがおもな方向で、もどるさいの手がかりです」かれの声がヘルメットに響く。

「シントロニクスはそこに向けて調整しています。スペース＝ジェットに逃げることが必要になったら、自動装置にまかせられます。できるだけ艇自体には探知インパルスを送らないようにして、まっすぐ飛んでいかないよう、用心しなくてはなりません。通信は必要な場合のみ。スタートします」

アトランとカッチェンコは自動装置をインパルス追跡に切り替えた。これでトスタンをつねに目で追う必要がなくなる。

トスタンは溶岩流の熱い息吹《いぶき》を避けながら、ゆるやかに前進し、巨大な宇宙港の西側の境に進路を定めた。実際の自然の大気とはまったく違う、さわやかで冷たい、うるおいのある空気が、かれの乾いた肌をなでる。

港近くに到着すると、アトランとカッチェンコは通常にない活気を感じた。飛翔グライダーが離陸しつづけていることから、ここに配備されたハウリ人の警戒が強まっていることがわかる。

トスタンはそびえる塔をまわって飛び、ほとんど管理されていない遠くはなれた都市をめざした。

宇宙港の上空には人工恒星がいくつも拘束フィールドで吊り下げられ、不快なほど明るい光を放っている。トスタンは、前回の偵察飛行では、こんなに数が多くなかったと気づいた。

トスタンの心にひろがっていた不安がさらに募る。かれの奇妙な本能が、頭で考えても定義できないような危険を警告している。

明るい光の現象から逃れ、周囲の光景が乾燥した砂漠に変わると、かれはすっかり枯れた低木の陰に滑るように着地し、手をあげた。

アトランとカッチェンコが足を前に突き出して着地する。通信を使わなくても、すばやく意思疎通することが可能な状態にしなくてはならない。

それぞれ与圧ヘルメットの外側を開いた。これで音波が伝わりやすくなる。トスタンは声帯が許すかぎり、大きくはっきりと話した。TSSの清浄な空気で、声帯は力をとりもどしていた。

「アフ＝メテムが接近していると思われます。人工恒星があれほどそろっているのはめずらしいことです。捕虜の尋問はやめて、試運転について調べてみましょうか？　実際に役だつはず」

「尋問のほうが有益かもしれないだろう」アトランはこの提案を退けた。「知性体の一部を解放してやりたいのだ」

「不遜な行為です！」ギャンブラーはあえて断言した。「われわれはここでは招かれざる客だと思っていましたが？」

「だからこそ変更はしない。ジュアタフ・ロボットやベングエルはイマーゴについて教えてくれるだろう。宿営地はどこだ？」

「前方の西の山脈の麓《ふもと》です。エネルギー製の防御柵を見たことがあります。アフ＝メテムが到着することになったら、護衛が動員されるでしょう。この世界をできるだけ早く去らなくては。ここはすべてが気にいりません！　われわれを探知しないのは、おろか者くらいでしょう。賭けてもいいですが、これはおそらく大がかりな罠です」

「それは着陸したときからずっと考えていた！」アトランは認めた。「だが、まだ推測にすぎない。危険を冒してみよう。アフ＝メテムが到着すれば、慣例どおりの騒ぎになるだろう。それを利用するのだ」

　アトランはヘルメットを直接コンタクトから切りはなした。トスタンはカッチェンコが上腕に手をかけたのを感じた。

「真剣に悩んでいるのですか？」狩人はたずねた。「本能的な警告で？」

「まさにそうだ！　もちろん、なにを警告されているのかはわからない。だが、わたしにとってはなにもかも明白すぎるほどなのだ。古老は自分の命と細胞活性装置をかけている。まあ……ともかく、かれはそれを知っているが！」

　三名のギャラクティカーは影のようにそこをなめらかに飛び立った。あちこちで灰が混ざった雲がはげしいジェット気流で散り散りになる。

　一瞬、破滅に向かう定めにある宇宙の赤みがかった光が見えた。

　宇宙港とさらに西側の都市を隔てる、ほどほどの高さの山脈には火山はない。

　この世界ではそれはほとんど異常なことのように感じられる。かわりに光の点が見え、それは目標地点までの距離が縮まるにつれて、ばらばらになり、個別の光源になっていった。

　三名は張り出した岩の陰に降り立ち、ふたたびヘルメットをうしろに押し開けた。トスタンは左をさししめした。

「宿舎は知性の状態によって分けられているようです。山腹に掘られた大きな洞穴のなかです。ひろい谷間に見えている建物は、おそらく研究所かなにか施設でしょう。三つのドーム型の建造物の中間あたりに捕虜がいるのが見えました」

「どんな者たちなのだろうか？」アルコン人は冷静な口調で質問した。

「ショック・ゾンデでホールの中央に追いやられた生物たちは、ハウリ人の友ではなさそうです」

アトランはＴＳＳの探知器で周辺を確認した。この個別走査器によって、トスタンの推測は証明された。けわしい山腹にある大きな門の奥に、非人類の生物が数多くいた。

男たちはヘルメットを開いた。ふたたび通常の音声による会話ができるようになったが、清浄な空気で感じていた快適さはなくなった。アトランは仲間に計画を打ち明け、すくなくともひとつの洞窟には入ってみたいと語った。

ユーリ・カッチェンコは戦闘スーツの胸のホルダーから武器を取りはずした。トスタンもそれにならう。アトランはそれが、ロナルド・テケナーの伝説的なコレクションのなかの、構造が違う二丁の相互結合銃だとわかった。トスタンのケースレス銃は知っている。しかし、カッチェンコの装備は未知のものだった。かれはかがんで、らせん状の短い銃身に探るように手を伸ばした。

「これも銃です」ギャンブラーはいらだったように説明した。「なぜ、スペース＝ジェットでチェックしなかったのですか？　可変エフェクトヘッドをそなえたロケット弾を発射できます。基本的には同じ弾薬です」

アトランは一歩うしろにさがった。これ以上の質問は無用だと判断したのだ。トスタンも狩人も、最新のエネルギー銃には完全には信頼を置いていなかった。トスタンは自身の経験を引き合いに出した。カッチェンコはテケナーの弟子で、テケナーの意見を受け継いでいる。しかし、両テラナーは、百パーセントのエネルギー量を標的に命中させるのが、特別な条件下でないとかなわない、作用ビームの散乱と消失がきわめて大きいことについて批判的だった。

アトランは、銃の回転ラッチのたてる金属音に耳をかたむけた。最初の弾丸が弾倉に滑りこむ。ヘルメットはまた閉じられていた。いまからは必要なさいには音声だけで会話しないといけない。古代の中波の探知は不可能に思われた。むしろハウリ人は、反重力フィールドの強力なインパルスを重要視するだろう。

三名はけわしい山腹に向かって飛び、あらゆるかくれ場を利用し、妨害されることなく出撃基地に到達した。そこはトスタンが、ベングエルがいると想定している前方の門のそばだった。

トスタンが仲間に伝えようとしたとき、ＴＳＳシントロニクスが警告メッセージを発した。

「飛翔グライダー三機接近。宇宙港からきます」

報告された機体は轟音《ごうおん》を立てながら接近してきて、着陸態勢に入った。さらに右側で中規模の飛行フィールドの上で照明がつく。

すぐにはじまった通信は、ハンガイの人工言語のハンゴル語でかわされた。トスタンはすべての言葉を理解した。

現地の宿営地長は到着したばかりの高位のハウリ人から、三十名のテッチンが二グループ、プラス一名を待機させるように指示された。そのほかの連絡は意味がないか、さらに理解不能なものだった。

「どういう意味だ？」と、たずねるアルコン人の声をトスタンは聞いた。「テッチンとはなんだ？　わたしのトランスレーターは降参状態だ」

「おそらく現地のスラングでしょう。わたしにはわかりません。プラス一名とは、どういうことでしょうか？　気をつけて、アトラン！　ヘルメットがなにか反射しています」

トスタンが気づいた閃光はすぐに消えた。かわりにアトランの声が聞こえてきた。

「待機だ！　場合によっては捕虜を意味するのかもしれない。まずは見守ってみよう。夜はまだ長い」

トスタンは会話通信のスイッチを切った。慎重に周囲をみまわす。照明がついたので、残光増幅がなくてもよく見える。岩壁の門は薄暗がりのなかにあったが、それが突然、ふたつの大きな扉がスライドして開き、変わった。暗闇に光が舌のように伸びる。

門の前に浮遊する音声記録装置があらわれ、急にひろい範囲が、地面から飛び出したエネルギー柵によって封鎖された。トスタンが前回の偵察飛行で気づいた柵のひとつだ。かれは相互結合銃の照準器をのぞきこんだ。十五倍の倍率で、右の門からなにかが出てくるのが見えた。

それはさまざまな構造と形式のジュアタフ・ロボット、三十体だった。音声記録装置からひびく命令に従順にしたがっている。

さらに左側のアルコン人がいる場所の近くにも黒い塊りが見えた。こちらは三十名のベングエルだった。

いつもと変わらない熱心さで、押し合うように外に出てくる。長い手足が多種多様な衣の下からはっきりと見える。トスタンは、かれらの甲高い声が聞こえたような気がした。

姿を見せないハウリ人がふたたび指示を出すと、ベングエルの毛深い頭がほとんど同時に勢いよく上を向いた。頬髭《ひげ》から、かれらがオスだとわかる。

かれらはハンゴル語を理解したようだったが、通知の意味は無視した。重々しく気取って歩くジュアタフに向かって急ぎ、なかに混ざっていくのが見えた。すぐに混みあって騒ぎが起きた。

「アトランが動いた！」口数のすくない狩人の言葉が聞こえた。

トスタンは頭に燃えるような痛みを感じた。一瞬、視覚がかすんだ。痛みがやわらぐと、アトランはすでに渦巻く集団のなかにいた。そのからだをうまく自然のかくれ場に利用している。

「あの賭博師め！」ギャンブラーは文句をいった。「いまさらかれを救い出せない。ユーリ、かれが見えるか？」

「照準器内に。ハウリ人はいません」

トスタンは振り返り、あたりを見まわした。飛行フィールドには数名のハウリ人が見える。エネルギー柵の内側で待機するハンガイの生物にはだれも関心を向けていないようだ。銀河ギャンブラーはこの事実がまったく気にいらなかった！あらためて頭がずきずき痛んだ。

三つの奇妙なドームのホールの向こう側、ひろい谷の向こう側では、反対ににぎわっている。こちらにはハウリ人の護衛や働く者たちの宿舎が設置されているようだった。約五百メートルはなれたところだ。

トスタンは、自身のなかでふくらむ不安をおさえようとしなかった。そんなことをしてもむだだと知っていたからだ。

「すべて順調だ」このとき、アトランの声が聞こえた。「おちつけ！　緊急の場合は、援護をたのむ。かれらはわたしのトランスレーターのハンゴル語を理解している。トスタン……飛翔グライダーから目をはなさないように。また連絡する」

8

トランスレーターはベングエル語の〝アラブー〟を、わかりやすい言葉の〝イマーゴ〟と訳した。だが、ちがう……ペリー・ローダンという名前のイマーゴの話をかれらはまったく聞いたことがなかった！

かれらはすでに長いあいだ、炎の世界にいた、そこでかれらは、すべてをなくしたものの、使命を見いだしたのだ。

死を招くような実験？　いや、かれらはそんなふうにはとらえていなかった！　なぜハウリ人の護衛や学者たちに自分たちの過ちを明かす必要があっただろうか？

アトランは自身と周囲の非現実的な状況に絶望を感じはじめた。かれは、活気づいているベングエルたちに、自分にとってより理解しやすい説明をしてくれるよう辛抱強く話しかけた。

しかし、かれらはみずからのＴＳＳに触れ、高エネルギー銃のグリップを引っぱり、すべての知恵と力はアストラルの炎のなかにしかなく、技術的につくられた機器のなかにはけっしてないと解き明かそうとする。

ペリー・ローダン……？　いや、かれらは真実を語っていて、本当にその名前を聞いたことはなかったのだ。ナコード・アズ・クールについても知らなかった。ひょっとすると、かれらは実際、炎の世界に長くいすぎたのかもしれない。

あなたはどこからきたのか？　何者か？　と、たずねられる。いや、かれらは自身を捕虜とは感じていなかった。ヘクサメロンの見放されたしもべたちはそう受けとめているだろう。しかし、赤い宇宙のもっとも有能な天文学者であるかれらは、もっとよく知っているはずだ。

自分たちを解放したいだと？　アトランは嘲笑されたが、その理由はわからなかった。

この奇妙な質問をする者、かれは、かれらがどれほど希望のかなうときに近づいているかを感じとっていないのだろうか？　いや、解放しないでくれ！　そうではなくて、組織のなかの三番めをなんとか連れてきてほしい。ヘクサメロンの預言者たちは、その点、とてもひかえめだから。

「まったく、そこでなにをしようとしているのですか？」ラトバー・トスタンの声が開いたヘルメットのスピーカーから聞こえてきた。「狂気の沙汰のような会話です！　かれらが危機を感じていないなら、放っておけばいいのです。谷の向こう側ではどんどん〝棒切れ〟があらわれています。エネルギー柵がドーム形になったら、あなたは罠に閉じこめられますよ。いいですか、聞こえていますか？」

「はっきりと！　逃げることになったときに、援護してくれるだけでいい。わたしの任務はまだ終わっていない」

「アルコン人は一度頭がおかしくなると、本当におかしくなる」スキッパーは腹を立てた。「気をつけてください、そこにはなにかあります！　うしろを見て！　浮遊プラットフォームがエネルギー柵の構造亀裂を滑るように通過しています。わかりますか？」

　アトランは、自分に抱きついてきて、話が聞こえてしまいそうなベングエルをからだから放した。谷の奥を見やるが、グライダーは確認できない。しかし、ベングエルとジュアタフ・ロボットが後退していくことに気づいた。歓声が響く。手や金属の手足が薄暗い空に伸ばされる。

　トスタンの声は喧噪《けんそう》にかき消された。アトランは、がっしりしたジュアタフ・ロボットのうしろに跳び、武器の安全装置をはずした。ようやく見えてきた貨物用プラットフォームの上に、流れるような衣服を着た者が見えた。

　それは奇抜な姿の生物だった。関節の多い長い腕と、長い鼻の伸びる顔、頭の両わきに翼のようにはげしく動く皮膚膜があるのが見える。ヴェンノクだった。

　ベングエルとジュアタフ・ロボットの呼び声は轟音のように膨れあがった。異人が勝利を告げるように、また両腕を振りあげた。

アトランに、ジュアタフ・ロボットとベングエルのからだからほとばしり出るような閃光が見えた。

同時にある声が聞こえた。それは自身の無意識の奥底から生まれ、メンタル的に聞こえるものだった。

まるで凍りついたように、首を横にかたむけて聞いているアルコン人の姿が、トスタンののぞくレンズにあらわれた。あわてて呼びかけるが、応じない。

アトランは、目ざめている意識にはっきりととどいて響く言葉の意味に、みずから服従した。

〈アフ＝メテムの炎に気をつけなさい！　あなたは迷える子供たちの精神につながるための鍵の持ち主。それを使うのです、急いで。〝成熟の時〟は近い。目の前で意識を失ってたおれている者たちのことは心配しないで！　かれらにはなにも問題はない。かれらはたくさんいますが、やがて孤独ではなくなります〉

心に入りこんだ声は、最後の言葉あたりで消えていき、とうとうやんだ。アトランは急に現実に引きもどされた。

うるさい音が聞こえる。しばらくしてようやく、それがトスタンの叫び声だとわかった。

スキッパーはひどく心配しているようだった。

「……っと、目をさましたか。アトラン、はなれてください！〝棒切れ〟が柵をとじてバリアのドームをつくろうとしています。わたしは……ああ、わかっていたんです！アフ＝メテムは向かってきているのではない、もうここにいるんです！かれはわれわれを打ち負かし、この星系を餌《えさ》に使ったのです。だから、われわれはまったく探知されなかったのです！あのひどい……」

アトランの目ざめかけていた精神は、トスタンの言葉をまずは切れ切れにしかとらえられなかった。まだ開いたままの与圧ヘルメットから低く響くべつの感覚の音に、かれはふたたび、危険な状況をつねに克服する方法を知る男になった。

ＴＳＳは通常の正確さで、緊急指令にしたがった。最初の言葉が終わる前に、ヘルメットは閉じられた。酸素とヘリウムの混合物が流入し、反重力装置と飛翔機器が作動する。ほぼ同時にパラトロン防御バリアが戦闘スーツをつつんだ。

アトランは水平姿勢で岩壁に向かい、深い隙間を見つけて身をかくした。もはや出現したエネルギー・ドームにある開口部に向かって飛ぶような危険を冒すことはできない。トスタンが、そのなかに炎の王子を見たと思っていた人物は、この対応を気にしていなかった。かれは待っていた。能力の高い証拠だ。

トスタンの叫び声がやんだ。エネルギー・バリアが通信インパルスを吸収しているのだ。アトランのヘルメットの内側の表示で、ハイパー周波の領域ではまだコンタクトが可能だとわかる。トスタンも同じ表示を見ているのは確実だろう。

スキッパーがみずから判断し、まずは敵の反応を見るためにすぐには対策をとらないでほしいとアトランは願い、その思いは完全にとどいていた。テラナーは、このような状況下ですべきことをつねに心得ていた。

「上々だ、いいぞ！」異人は、朗々と響く声で賞讃した。ハンゴル語をみごとに駆使している。「逃げ道はないと悟ったのだな。きみの部下の推測は正しい！　わたしは何日も前からアラパにいる。きみが到着しても、驚かなかった。ボルジ・アム・ドロアの前の探索航行のときからすでに、きみを探知していた。いま、わたしが思ったとおり、きみは巧みに不信心者の宿舎を発見した。ここでわたしはきみを待っていたのだ！　約束したとおり、すぐにヘクサメロンの力を証明しよう。ペリー・ローダンという者も、同じように体験するだろう。わたし、アフ＝メテム、炎の侯爵はあなたがたを集め、六日間教義の信者にする、そして……」

ハイパーカムの接続がとぎれた。トスタンのしわがれた声が、アトランのシントロニクスが確認した五次元周波で聞こえてきた。

「……クリア、狩人！　アトランは内部からプロジェクターを攻撃できない。相互結合FS点火、視界表示、グリーン。みずからを神だと思いこんでいるらしい生物に訓戒をあたえよう。はじめろ！」

アトランは本能的に両方の前腕でヘルメットの透明なシールドの前をかばった。これからの展開を予感していたのだ。トスタンとカッチェンコは、横柄な生物に屈する心づもりのあるテラナーではない。

アトランは透明なシールドごしに外を見つめた。約七百メートル向こうの山の山腹に、すぐに見分けられるような大きさの巨体が見える。燃えるような真っ赤な髪と濃いグリーンの輝く瞳を持つ、なみはずれた大きさのベングエルのようだ。自然の姿のアフ＝メテムとは、かけはなれた容姿だ！

〝目立ちたがり屋め！〟アルコン人は不快感をいだきつつ、両テラナーの反応を待った。

反応はあった。しかし、それは想像していたようなものではなかった。生きている死体は退路を確保するまでは、この見逃すことのない相手をやみくもに攻撃しようとは考えなかったのだ。

すこしちいさな岩の張り出し部の奥で、相互結合銃の銃口からガスの舌が噴きだす。わずか半ミリセカンドののち、弾丸は駐機していた飛翔グライダーに命中した。

三本のビームが束になり、自然に核反応爆発を起こした。それぞれ百キログラムのTNTに相当するエネルギー量の発射体は三機のグライダーを破壊するのに充分な力がある。

白く輝く炎の球が暗闇を引き裂く。爆発音が聞こえるよりも先に、アトランはほかの核融合の過程に目がくらんだ。それはかれのすぐそばで起きたが、エネルギー・バリアの外側での出来ごとだ。

　そのため影響があるのは音波だけだと思ったが、それは勘違いだった。カッチェンコは、ＴＳＳで探知したふたつのエネルギー・プロジェクションに命中させていた。恒星のように明るいガスの球が発生した場所で、ハウリ人の機器も爆発した。バリア・フィールドはその個所に亀裂が入って崩れ落ち、アトランは爆風にさらされた。かくれ場のなかで、からだが振りまわされる。パラトロン・バリアのおかげで深刻なけがを負ったり、深刻な事態におちいったりするのは避けられた。高熱の岩石のかけらや砂の塊りが飛び交い、防御バリアがなかったら致命的だっただろう。

　轟音がおさまり、燃えるような岩石の破片が降りそそぎはじめたとき、カッチェンコの声が聞こえた。

「緩衝地帯確保。急いで！」

　アトランはすぐに飛び立った。アフ＝メテムが反応できないうちに、エネルギー・フィールドに生じた亀裂を抜け、ひろい外に出た。ここでシントロニクスは減速し、ＴＳＳを降下させた。

　アトランは最新のコンビ銃をいつでも発射できるようにした。飛行フィールドは瓦礫《がれき》が積み重なる荒れ地と化していた。トスタンはまだ、ぐあいのいいかくれ場に立っている。アトランは呼びかけた。

「アフ＝メテムの力を確認しよう！　高エネルギー攻撃と原始的な攻撃を並行して使う。かつて、同じように強力な現象を弓矢でたおしたことがある。それをためしてみたい！」

　トスタンのおや指が連続射撃スイッチに触れた。十連続のシンボルが点灯する。相互結合銃の銃床を肩にあてたとき、アルコン人はすでにサーモ・ブラスターを発射していた。太いビームが巨体に命中したが、まったくなにも効果がないまま貫通し、奥の岩壁をうがち、クレーターをつくりあげ、溶けた岩が流れでた。

　立腹したアトランの悪態は、二丁の歴史的な武器がぶつかる音でかき消された。

　トスタンとカッチェンコは同時に十発を連続発射した。フィクティヴ生物が膨張し、心理的に効果的なポーズをとったところに、核の火山が爆発した。

　甲高い声が悲鳴へと変わった音がヘルメットのスピーカーから聞こえてきた。アフ＝メテム、あるいはこの姿をした者がなんであろうと、巨体は古代のテラの武器の核爆発のなかに消えていった。その原始的なエネルギー爆発に、自信に満ちた生物は驚いていた。

　数秒後、岩石の破片が混ざる核のキノコ雲から、グリーンの光を放つ、ばらばらになったような姿があらわれ出て、ひろい空間に向かって進み、よろめいた。爆発音が鳴り響くなか、悲鳴は消えた。高熱の空気と木端《こっぱ》微塵《みじん》になった岩塊の爆風が大地に吹きわたる。山のはるか上空で、灰の雲がちぎれて、揺れ動く断片となっていった。

「きっとまた会うだろう、手品師め！」トスタンは逃げていくなにかに向かって叫び、咳の発作に襲われた。「おまえには、まだ第一級の方策があるんだ、本当だぞ！　いまのほんのすこしの相互結合銃の炎は気に食わないものだったろう。おまえもわれわれと変わらず、調理は水でするんだろう、わたしの喉仏を賭けてもいい！　おまえのためにぴったりの調理法を見つけてやろう！　マサイ、シルヴァーマン、スペース＝ジェットでどこに待機している？」

「すでに百メートル後方に着陸しています、スキッパー」アフロテラナーの応答があった。「ホバリング中で、外側エアロックは開いています。すぐに来客がありそうですよ！　宇宙港は武装した者であふれ、戦闘部隊が出動しています。さらに極超短波の領域で生じたハイパー放射までの距離を計測しています」

　アトランとカッチェンコは、すでにスペース＝ジェットのなかに姿を消していた。乗員は、トスタンからの緊急信号を受信したあと、迅速かつ確実に行動していた。

　スキッパーがあえぎながら成型シートに飛び乗ると、ジャニュアリー・ケモ＝マサイは加速した。アラパでの奇妙なゲームは終わろうとしていた。最終的な勝敗の行方は、まだ疑問のままだった。

*

TC＝SJ＝1のドッキング作業中、アトランとラトバー・トスタンは艇底エアロックですでに準備を完了していた。ヘルメットは開いて、うしろに折りたたまれている。それでも副長のアナウンスはよく聞きとれた。《ツナミ＝コルドバ》は突然、二分間の未来から現在の世界に出現していて、アトランは安堵のため息をついていた。アラパでの出来ごとを干満トンネルを使って追えるのかどうか、長いあいだ、疑問だったのだ。赤く光るタルカンの宇宙には、独自の法則があるから。

追跡は可能だったのだ！　大気圏突破直後に通信コンタクトがとれた。スペース＝ジェットは《ツナミ＝コルドバ》の大型シントロニクスによって、カタストロフィ後の事態に対処するため、その操縦が乗っ取られた。これには納得できる理由があったのだ！

アトランは、ひろい格納庫に流れこんでくる気流のはげしい音に耳をかたむけていた。この種の急速な換気は物質破壊を招く危険があるが、いまは運航上の指示はほとんど役にたたない。乗員が測定したハイパー放射は、刻一刻と強さを増していた。アトランは、これは言葉では把握しているが、これまで解明できなかった作用なのだろうと気づいた。

不安をおぼえはじめたアルコン人は、スペース＝ジェットのエアロックの封鎖された外側ハッチに手を打ちつけた。ここは圧力が均一化するか、内側のハッチが閉まるまでは開けられない。

　轟音がやんで、シンタ・ラズロの声が聞こえるようになった。

「これは、あなたがたが〝試運転〟とか〝炎の嵐〟とか呼ぶものでしょう。こちらの制御装置ではエネルギー容量が低下して、シントロニクスが警報を発しています。グラヴィトラフが攻撃されています。分析中です。急いでください！」

「大負けした者の復讐だ！」アトランは立腹し、笑い声をあげた。「なぜ首席宙航士は速度をあげない？　静止しているぞ。おい、トスタン……！」

　かれはギャンブラーの肩を揺さぶった。同時に自動装置が外側エアロックのハッチを開けた。アトランは顔をゆがめ、両手を耳にあてた。圧力の均一化ははげしく、苦痛をもたらす。

　トスタンは奇妙な硬直状態から目をさまし、視線がはっきり定まった。

「加速するな！」すぐに浮遊マイクロフォンで叫ぶ。「トブロン＝ハーン、聞こえるか？」

「呼びかけられるのを待っていました」返事があった。「つまり、エネルギーが不足しているということで？」

「そのとおりだ！　ＡＴＧ結合のすべての貯えを、緊急エネルギー反応炉を稼働させろ、カタストロフィ対応だ。ワットが余すところなく必要だ。シントロニクス、数値の入力だ。すぐにいく」

アトランはよけいな質問はしなかった。機器の出力限界を熟知しているのは、技術科学者であり設計者のトスタンだ。

アトランは、規定に反して急速に開けた、非常用システムの保安エアロックと連絡通路を通ってスキッパーのうしろについて飛んだ。ＴＳＳのコンピュータはもちろんとっくにこの状況を認識していて、すでに大型艦のシントロニクスとつながっている。

二名がスライドして開いた司令室の装甲扉に到達すると、スタート時の高エネルギー転換機の典型的なうなるような音が聞こえた。八基のＮＵ＝ガス反応炉が起動時のエネルギーを同調して動く補助機器に流しているのだ。

トスタンは水平飛行の姿勢で成型シートに向かって勢いよく飛んだ。直前にＴＳＳは停止し、スキッパーは自身の首席宙航士の席のうしろにつくことができた。

論理プログラミング編成は完全に作動していた。全周スクリーンの大型モニターには、巨大な青い恒星ギルラトゥが輝いている。この星の五つの惑星のうち、アラパは光を反射する三日月のように見えた。

アトランも席に着いた。ＴＳＳのヘルメットが閉じて、音声通信に切り替わった。補助装置のたてる音が大きくなっていき、通常の会話はほとんど聞きとれない。

デジタル表示の光のバーを見て、アトランは自分の目を疑った。急速に低下している。《ツナミ＝コルドバ》のグラヴィトラフ貯蔵庫が、見えない力によって穴を開けられて空になっていた。

「やはり、こうなったか！」トスタンは咳《せ》きこんだ。「シントロニクス、ＡＴＧプロジェクターに充分なエネルギーはのこっているのか？」

すぐに応答はあった……ただし、衝撃的な内容だった。コンピュータ網は、典型的な論理的結論に達していた。

「ハイパー放射が衝突し、エネルギー流が大きく変動しているため、いまの質問には正確にお答えすることができません。四基のトランスフォーム砲で即刻、砲撃を開始することをお勧めします。各基の性能は四千のギガトンのＴＮＴに相当します。ハイパー放射のプロジェクターが設置されているのは惑星アラパだけです。質問します。砲撃を許可しますか？」

「いや、砲撃許可は出さない！」瘦軀《そうく》のテラナーが叫ぶのをアトランは聞いた。

「問題はそれで解決します！」シントロニクスは強固に主張した。「あなたの禁止令は戦術的に誤っています」

「あそこには約二千万の生物がいる」トスタンは大声を張りあげようとしたが、パニックにおちいり、声が出なかった。助けをもとめるように、トブロン＝ハーンに手を振る。

同時にトスタンは、首席宙航士のスイッチを作動させた。副長は即座に反応した。

「首席宙航士がシントロニクスを制御。全権がわたしにはあたえられている。人道的な理由から砲撃は禁止。問答無用だ！　船をラビール・ゾーンに入れる。方法は問わない！　ＡＴＧ結合のエネルギー供給が最優先だ。実行せよ！」

　アトランは嘆息した。制御モニターで、攻撃準備のできたトランスフォーム砲が収納されたのがわかった。シントロニクスのコンピュータ結合体は義務をはたし、論理的に確実な成功への道をしめしたのだ。いまは、第二の方法を進めている。

《ツナミ＝コルドバ》の球形セルが振動しはじめた。生命維持に必要な空調装置をふくむすべてのエネルギー消費装置が、シントロニクスによって停止された。その論理編成のなかで、何兆もの計算処理とスイッチ操作が実行されている。

　緊急エネルギー反応炉は、現在達している全負荷のもとで、一基あたり十万テラワットを供給している。各変換機の出力は、障害を起こしやすいグラヴィトラフ貯蔵庫を通過し、ハイパーエネルギーの供給ラインを完全に迂回して、アンティテンポラル干満コンヴァーターの周波変換機に直接注入されるようになっている。

　グラヴィトラフ貯蔵庫のハイパーエネルギーの流れはパラ結合システムであらかじめ指定された経路をへてコンヴァーターに到達する。

　シントロニクスが警報段階レッドを発した。すべての扉が封鎖され、外壁に近い空間はすぐに空気が排出された。

「外側セルが加熱しています。現在値、摂氏五百度、急速に上昇中。危険です！　エネルギー不足のため、防御バリアの構築は不可能。周辺空間の空気を強制排出し、絶縁高真空を確立。ＡＴＧコンヴァーターがラビール・フィールドを構築中。浮揚確率、七十三パーセント。衝突する妨害フィールドのエネルギー量に比例して低下傾向です。数値は変動しています」

　アトランは、最新のツナミ艦の混乱した制御装置の値いを解読しようとしたが、部分的にしか成功しなかった。

「どういうことだ？」かれは意識的に冷静にたずねた。「このアフ＝メテムはなにを送りつけてきたのだ？」

　トスタンの不機嫌そうな手振りは、見逃せないものだった。

「これは予告された〝炎の嵐〟の試運転です、ほかになにがあるでしょうか！　もし克服できれば、原因を徹底的に究明して、すぐに謎は解明されるでしょう」

「試運転だと？」アトランは皮肉をこめてくり返した。「その後の真剣勝負はどうなる？　きみの緊急エネルギー機器もまた故障するのか？」

「できれば、そのような事態は避けたいものです。今回は短期間、反応してくれれば充分だ。副長、注意しろ！　浮揚充電に達しそうだ」

実際、〝どうにか〟成功した。

セルの振動が刻一刻としずまっていく。しかし、すでに苦痛を感じるほどになっていた過負荷による高エネルギー変換機の轟音は、ほとんど軽減されなかった。まだ緊急事態体制で動いているが、わずかでも抑制に成功したおかげで、大きな損傷はまぬがれていた。

グリーンのライトが点滅し、さらにうなるような音がくわわった。条件つきの警報解除の予告の通知だ。アトランはよろこびを表現するのをひかえた。なかばからだを起こし、両手を背もたれにかけて、無理にからだを支えた。問いかけるような視線は、隣りにすわる女シントロニクス専門家のチーフに向けられた。

彼女は、そう待たずに解説してくれた。シンタは独立した計算プログラムを開始していたのだ。

「浮揚完了。気をつけてください、よろこぶのはまだ早いのです！　反応炉はここまでしか処理できません。コンピュータは、このプロセスを、潜在的な未来にわずか〇・〇〇二秒、移行したあと、中止せざるをえなかったのです」

「なにもないよりはましだ」と、アトランがいうのがみなに聞こえた。「いまは、どうなっている？　時間のなかで宙づり状態か？」

「そのようなものです。シントロニクスは全システムを安定させています。そのためのエネルギーはあります。わたしは……ああ、いいですね、船の外側の温度がさがっています。二千度まであがっていたのですから」

「シントロニクスへ」トスタンの声が割りこむ。「ハイパートロップは異常なし。エネルギー注入構築、われわれがいまなにをしているか、どこにいるかは無視していい。もっとエネルギーが必要だ」

「危険段階、最高、警告！」コンピュータ結合体はすぐに通知した。「評価、ネガティヴ。反応炉の負荷限界が確認されるまで待機。緊急勧告！」

　トスタンはうながすように二名のハイパーディム物理学者を見やった。アダム・ピッテンブルクとロンベ・マッシモは計算していた。ポージー・プースが、浮揚直前に司令室に入り、通信に参加している。

「ハイパートロップは、現在生産されている作業エネルギーの約八十五パーセントを使用しています。つまり、通常の時間にもどれるということ。のこりのエネルギー量で、ラビール・フィールドを安定させられるかは算出できません。そのためシントロニクスはさしあたり反応炉を確認しようとしています」

　ラトバー・トスタンは、ポージーの使った言葉に本能的にしがみついた。アトランは、テラナーをじっと見ていて、かれが葛藤しているのに気づいた。

「退却できるのか？　侵入できるか、あるいは侵入するか？　Xのファクターはどこにある？　シントロニクスは……」

「準備できています、スキッパー」自動装置の声が響く。「すべての事実を確認しました。NU＝ガス反応炉は高速で作動します。当分、事故によって停止する可能性は低いでしょう。直接流入結合が確立されました。グラヴィトラフ注入を開始するさいは、安全装置を通さず、直接、ATGコンヴァーターへ緊急放射します。破裂の危険、緊急！　実行命令は上位の印がないと受理されません。指揮官の印が必要です！」

トスタンはもはや長くは迷わなかった。制御コンソールの上で、フラップがスライドして開いた。青白く光る認識パネルが見えるようになった。

TSSの気密性の高い袖口から手袋を引き抜き、両てのひらをパネルに押しあてた。

シントロニクスが信号音をたてた。いまようやく、通常であれば安全装置で禁止されるような行為を実行する準備がととのった。

「ハイパートロップ構築、ほかの機器も可能なかぎり安定させる。ラビール・ゾーンのもっとも外側の境界領域では、消滅放射よりも後退墜落のほうがわたしの責任になるだろう。実行だ、シントロニクス！」

アトランは賛成するような仕草を見せた。もしかれが指揮官だったとしても、同じことをしただろう。トスタンが口にした消滅放射は、恐ろしい事故原因になる。まだ不安定なATGバリアは、警告もなく巨大な火葬場になる可能性もあるのだ。

乗員たちは、どんなリスクにさらされているか知っていた。アアロン・シルヴァーマンは、やはり炎の侯爵とすぐそばで対峙《たいじ》しなければならないと、ひそかに決意した。一方、マッシモは、《ツナミ＝コルドバ》の貯えを掠奪して空にしたかのように満足してうなずいた。かれはこの大胆な行為を正当だと考えているようだった。

そこで折り合いをつける選択肢しかない。コンヴァーターはカタストロフィを招きそうなパワーで作動していた。いつかはショートするにちがいない。問題は、それがいつか、だ！　素材の品質はきわめて高いが、けっして壊れないとはいいきれない。

ハイパートロップを構築するために必要なエネルギーをコンピュータ結合体が生み出すまで、時間が非常にかかった。ATGフィールドが点滅しはじめたが、まだ役割ははたしている。まずは炎の嵐を、暴風雨を逃れた。

ポージー・プースは危機的フェーズは船内時間で三分と考えていた。それまでにハイパーエネルギー流に到達しなければ、お手あげだった。そうなったらあらたな問題が生じるのだ。これからどうすればいいか、という問題だ！

コンヴァーターの轟音に、高い周波のうなるような音が混ざる。スクリーンにブルーの点滅する光が見えた。数秒後、ハイパートロップ注入装置は強く輝き、ATGフィールドを突破すると、エネルギーでしっかりと密閉した。

緊急エンジンの轟音はすぐにおさまった。かわりに、グラヴィトラフ注入がはじまるさいの典型的な音が聞こえるようになった。

シントロニクスは、ATG結合に増えていくエネルギーの一部を供給しただけだった。それでもラビール・ゾーンは安定し、ツナミ艦を潜在的な未来へと移行させるのに充分たりていた。

トスタンはシートにからだを深く沈めた。制御器の表示はいまは無意識にしか認識していない。

騒ぎがおさまり、通常の状態にもどると、かれは浮遊マイクロフォンに向かって、すこしだけ言葉を発した。TSSはヘルメットを開いていたが、かれは気づいていなかった。

「第一級の危険なゲームだった！　われわれは勝った。この件は終了だ。しかし、忘れてはいけない。さて、どうします、遠征隊長？　旅はどこへ向かうのでしょうか？　《ツナミ＝コルドバ》の乗員から、わが艦はふたたび操縦可能になったと報告が入っています」

アトランはてのひらで額をなでた。いつもと同じく乾いている。なぜかかれはこの事実に驚いた。生きている死体でさえも汗をかいていたのに。

アトランは架空の方向をさししめした。

「待機している遠征隊のもとに直行する。アフ＝メテムの妨害フィールドを突破する方法はまかせる。思い違いでなければ、ジュリアン・ティフラーも困惑しているだろう」

トスタンはスイッチを切り替えた。《ツナミ＝コルドバ》は安全な二秒先の領域内で速度をあげた。ティフラーの艦隊はわずか五十光年先で待機していた。

9

ジュリアン・ティフラーは《カルミナ》で《ツナミ＝コルドバ》に追いついていて、制動操作は完了していた。タルカン遠征隊のほかの艦船が、探知スクリーンで光っている。

アトランの推測は正しかった！　ティフラーは困惑していた。ただし、アルコン人が想定していたようなものではなかった。

いわゆる〝炎の嵐〟、それは熱波というよりエネルギーの吸収口だと気づかされたが、艦隊の科学者たちにとって未知のものだった。これに似た現象も経験したことがない。それでも《ツナミ＝コルドバ》のシントロニクスから送られた経験値は分析された。

かわりに《ツナミ＝コルドバ》の乗員は、艦隊の全艦で受信された数多くのハイパー通信についての分析記録を受けとった。

現在地から比較的近く、約三百光年の範囲に、この数日間で、最初に数百、次に数千の宇宙船が集結していた。ジュアタフとベングエルの船団だった。かれらは謎に満ちたインパルスを追って、ナコード・アズ・クールと名づけられたこの地に飛来したのだ。
　それはアトランが到着したＮＧＺ四四八年一月二十八日未明に、文字どおり浴びるように知った情報だった。

《カルミナ》はハンガイ境界の向こう側の空虚空間を、速度を落としながら《ツナミ＝コルドバ》の近くを航行していた。ジュリアン・ティフラーが通常光速のインターカムで報告してきていた。アトランは全周スクリーンの大型モニターの前に立っていた。

「人工的に構築された恒星系には敬意を表しますが……だが、ここでもなにかが起こっていました」ティフは報告をつづけた。「われわれの分析は終了していて、完璧です。それによると、ナコード・アズ・クールはコスモヌクレオチドと同一。バス＝テトのイルナはそれをタルカンにおけるドリフェルのプシオンによる複製だと考えています」

　アトランはまたあの独特な虚無感が自分のなかで湧きあがるのを感じた。最初に感じたのは、〝炎の嵐〟から運よく逃れたあとのことだった。この心をざわつかせる報告を、アトランは不可解なほど冷静に受けとめた……まるですでに知っていたことを聞かされたかのようだった。

「ペリー・ローダンのことはなにかわかったか？」かれはたずねた。

　ティフは不審そうに眉間《みけん》にしわをよせた。

「どこかぐあいが悪いのですか？　心ここにあらず、といった感じですよ。はい、ペリーはそこにいるはずです。われわれは〝イマーゴ〟という言葉をくり返し記録しています。まさにこのイマーゴが、ベングエルやジュアタフを動かし、ナコード・アズ・クールまで群れとなって航行させているようです。早速、確認すべきです。わたしは、あなたの帰りを待ちたかっただけです。座標はすでにわかっています。あなたのシントロニクスにはすでに伝えました。機器がふたたび順調に動くようであれば、すぐにスタートできるでしょう」

「そのとおりです！」ラトバー・トスタンが口をはさんだ。アルコン人のすぐうしろに立っている。「乗員は休息をとりました。われわれの体調は抜群です」

　アトランはしばらく、ためらった。

「了解した」かれはティフの提案に同意した。「さらにくわしい話を聞くため、《ツナミ＝コルドバ》艦内で会いたい。トスタン、かれに搭載艇を送ってくれ。全指揮官へ……ハイパートロップでふたたびエネルギー補給だ。これからは探知される恐れはない。アフ＝メテムはおそらくわれわれの砲撃で擬似体をひとつ失っただけだろう。かれは死から遠い存在だ！　ナコード・アズ・クールに到着したさいには、各船とも完全に稼働して、戦闘態勢もととのえといてほしい。〝試運転〟の出来ごとは、深刻な警告だった。その研究に取り組み、きみたちの船には独立した発電システムがないことを、しっかり考えるのだ」

アトランは立っていた場所をはなれ、うつむきながらブリッジのそばを通りすぎた。トスタンはかれを探るように見つめたが、なにもいわなかった。細胞活性装置保持者は深く考えこんでいるようだった。なにかに取り組んでいるというのはたしかだった！

ティフラーが半時間後に、ツナミ艦内にやってきた。NGZ四四八年一月二十八日午前三時、タルカン遠征隊は速度をあげ、短時間の高加速段階をへたあと、ハイパー空間に消えた。オファラーの歌の師の《ハーモニー》は《リンクス》内に収納されたままだった。

*

ジュリアン・ティフラーはシートから立ちあがった。感動して、前方をさししめしている。

「信じられない！」アトランがいうのが聞こえた。「この者たちは、みんなどこからきたのだ？」

「イマーゴが呼んでいるのです。ペリーはここで、驚くほど高位に引きあげられたようですね。近づかないほうがいいでしょう、すくなくとも当座のところは」

アトランは《ツナミ＝コルドバ》の司令室の前方に歩みよった。はげしく動く制御装置の表示にはまったく目を向けない。ロドニナ・コスナトロワがわきによってきた。彼女自身の医療的処置は指示されなかったようだった。問いかけるように彼女はブリッジを見あげた。

しかし、期待したような印は得られなかった。ラトバー・トスタンは、いまのところ彼女に助言をあたえられるような状況ではなかった。自身のことで手いっぱいだったのだ。

その顔はまたいつもの調子でゆがんでいた。まだ完全に解明していないところからあふれる記憶が、苦痛とともに覚醒した意識のなかに突き進んでくる。

神経プシオン学者は嘆息して額に手をやった。

「こっちもなの！　ここではみんながおかしくなっているみたい。トスタン……」

彼女は急いでブリッジに駆けよった。アトランは慎重になり、ぼんやりした視線をやめて、近づいた。

かれの背後では、全周スクリーンがいまにもはじけそうだった。大小数千隻の宇宙船が密集している。船の受信機は流れこんでくる言葉を一度に受けとめるのとほとんど同時にトランスレーターに流すことができる。

ジュアタフとベングエルはなにか高揚感につつまれているようだ。

アトランがスキッパーの隣りに立ったとき、その顔はまた緊張が解けていた。かれは目を開けた。大型スクリーンを一瞥すると、突然こういった。

「あれが……あれが最後に理解できたことだったのでしょう！　それ以上はとにかくおぼえていません。群衆を見てください！　十七年前もこんな感じでした。ただ、船の型は違いますが。アトラン……ここからわたしは〝丸太〟で長い旅をスタートさせたのです」

　アルコン人はただうなずいただけだった。もはや驚くことはないようだった。ロドニナ・コスナトロワはアルコン人の姿がかなり変貌していることに気づいた。

　ティフラーは不安そうにふたりの奇妙な男たちのあいだを行き来している。ふたりは突然笑った。まるでいっしょに秘密を守っているかのようだ。

　ティフは大きく咳ばらいすると、ほかの船の指揮官たちにインターカム接続をするようにもとめ、シルヴァーマンがそれをセットした。

「こちらティフラー、全員に告ぐ！　侵入航行を終了、順応航行開始。われわれの遠征隊長が会話ができるようになるまで待機。いまのところは以上。よろしくたのむ！」

　かれはクロノメーターに目をやった。ＮＧＺ四四八年一月二十八日十六時五十七分。

　ティフラーは、帰郷のときがしだいに近づいているのを感じた。しかし、その前に、はかりしれないことが起きているようだった。

あとがきにかえて

若松宣子

昨年、二〇二二年は『バンビ』が発表されて百年という年だった。ディズニーによる映画（一九四二）で世界的に有名になったので、バンビはアメリカの森に住む子鹿というイメージを持っている人も多いだろう。しかし原作はオーストリアの作者によるドイツ語の作品だ。

生まれたばかりの子鹿が友だちに囲まれ、ときどき姿を現わす父親に導かれて成長し、最後には「森の王様」になるという大筋の展開は変わらない。しかし主人公のバンビは映画に出てくるような北米の大型の鹿ではなく、ヨーロッパの小型の鹿で、映画のクライマックスになっている山火事から逃げ出す場面も原作にはない。

原作の作者はフェーリクス・ザルテン、本名をジークムント・ザルツマンといい、一八六九年、オーストリア・ハンガリー帝国時代に現在のブダペストでユダヤ人の家庭に生まれた。一家はザルテンが生まれてすぐにウィーンに移り、経済的に困窮した生活を送っていたようだ。そのせいかザルテンは高等学校も中退して十六歳で働きはじめ、後にジャーナリストとして活躍し、オーストリアのペンクラブの会長も務めるようになる。ところが一九三三年、ナチが政権を掌握するとジャーナリストとして活動できなくなり、一九三九年、スイスで結婚していた娘の援助によってスイスのチューリヒに亡命、その地で一九四五年に亡くなった。

原作は山火事の中を動物たちが生き延びるといった派手さはないものの、美しく厳しい自然の中で生きるバンビの成長が季節の移り変わりと重ねあわせるように描かれた、いぶし銀のような作品だ。イギリスの作家のゴールズワージーが一九二八年に『バンビ』の英訳が出版された際に言葉を寄せていて、ザルテンを、自然を探求し動物を愛する詩人だと称え、『バンビ』に匹敵する動物物語はないといった。その言葉通り、作品では花々が咲き出て緑の若木の香りが満ちる初夏や、雪の舞う、空気の張りつめたような美しい冬、また食べ物がなくなり、飢える動物たちが必死に生きる様子などが目に浮かぶように生き生きと描かれていて、読んでいると自分も森の中で動物たちと時を過ごしているような気分になる。

この作品の中で一章、特に味わい深い章がある。冬を目前にしていまにも枝から落ちようとしている二枚の葉が会話をしている短い章だ。『バンビ』の中では動物どうしは会話をするが、人間と動物は会話しないし、植物と動物も言葉を交わさない。植物が会話をするのはこの数ページの章だけで、ここでは仲間の葉が散っていく中、二枚の葉が、下に落ちたらどうなるのだろうと、「下」を怖れながら、ぽつりぽつりと話をしている。
二枚の葉は、自分たちがいなくなったら、また次の葉が枝から生えて、次々と葉がめぐっていくらしいと語る。生きる者が必ず迎える生と死、次世代に受け継がれていく命の尊さが感じられる言葉だ。また、一枚の葉は、自分が年老いて黄色くなり、筋が増えてしまったことを汚くなったといって嘆くのだが、もう一枚が、その筋こそがあなたをより美しくしていると慰める。アンチエイジングが流行し、若い容姿にこそ価値があるとされているような昨今、はっとさせられる。二枚の葉の会話の章は作品の中では本当に短く断片的なのだが、何度読んでも、さまざまなことを考えさせられる。

一方、作中では人間は「あれ」と呼ばれ、動物たちに恐れられている。人間は、唐突に森にやってきて、激しい物音を立てて動物たちの命を奪っていく。また人間に飼われた子鹿は、森に戻ってきたときには、自然の中で生きていく力を失ってしまう。人間はとにかく森の動物たちの敵なのだ。

ところが実はこの作品を書いた作者ザルテン自身は狩猟家で、自身の猟区も持っていて、何日も森の中で過ごすこともあったという。狩猟家である作者が、なぜ人間をこれほど動物から怖れられる敵として描いたのか、それは作者自身の生き方を批判しているようで矛盾も感じる。しかし、森の中で多くの時間を過ごし、動物の生死を目にしてきた作者だからこそ、森に生きる者たちの姿をこれほど豊かに描けたのだろう。

じつは『バンビ』が出版されたのはずっと一九二三年とされていたのだが、近年の研究で一九二二年の年末だと判明した。初版の本に印字されていた文字から、出版年が二十三年とされていたのだが、出版当時の新聞広告から前年の年末には書店に並んでいたことが確認されたのだ。またウィーンでは二〇二〇年の秋から一年間、「バンビの陰で」という、亡命したこともあり、資料が散逸して明らかでなかった著者の姿に光をあてる展示会があった。残念ながら現地を訪れることはできなかったが、今は便利なもので、ウェブサイトから展示の雰囲気を感じ、カタログも入手することができた。このカタログが五百ページ近くあるまさに労作で、ホフマンスタールたちとも交流のあった作者の手紙を掘り起こし、その人生を立体的に捉え直していて、読んでみて、いろいろ面白いことがわかった。『バンビ』は大好きな作品なのでこうして書いていると止まらないが、いずれまたこの続きを記してみたい。

伊藤典夫翻訳SF傑作選
最初の接触

First Contact and Other Stories

マレイ・ラインスター他
高橋良平編

無辺の空間に茫然とひろがるカニ星雲――その外縁部で地球の探査船が遭遇した漆黒の異星船は、敵か味方か？　SF界の重鎮によるファースト・コンタクト・テーマの決定版、ラインスター「最初の接触」をはじめ、名翻訳家伊藤典夫が惚れこみ翻訳した宇宙SFの中から、SF評論の第一人者高橋良平が7篇を厳選。

ハヤカワ文庫

伊藤典夫翻訳SF傑作選
ボロゴーヴはミムジイ

Mimsy Were the Borogoves and Other Stories

ルイス・パジェット他
高橋良平編

未来人がタイム・マシンのテスト用に過去へと送ったいらなくなったおもちゃ。それを偶然手にした兄妹は……ルイス・パジェットの幻の名作である表題作をはじめ、ＳＦ界の大御所ポールの初期の代表作「虚影の街」、ブラナーの「思考の谺」など、ＳＦ界きっての目利き伊藤典夫が惚れこみ翻訳した七中短篇を収録。

ハヤカワ文庫

SFマガジン700【国内篇】

大森 望・編

〈SFマガジン〉の創刊700号を記念したアンソロジー【国内篇】。平井和正、筒井康隆、鈴木いづみの傑作短篇、貴志祐介、神林長平、野尻抱介、秋山瑞人、桜坂洋、円城塔の書籍未収録短篇の小説計9篇のほか、手塚治虫、松本零士、吾妻ひでおのコミック3篇、伊藤典夫のエッセイ1篇を収録。

ハヤカワ文庫

SFマガジン700【海外篇】

山岸 真・編

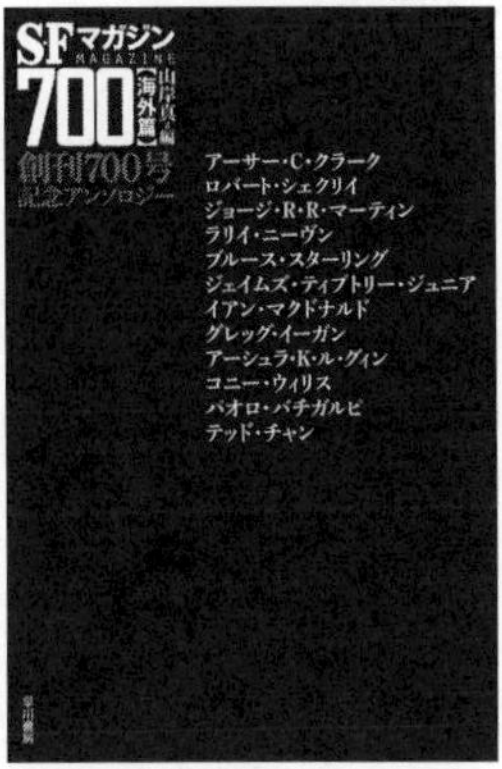

〈ＳＦマガジン〉の創刊７００号を記念する集大成的アンソロジー【海外篇】。黎明期の誌面を飾ったクラークら巨匠。ティプトリー、ル・グィン、マーティンら各年代を代表する作家たち。そして、現在ＳＦの最先端であるイーガン、チャンまで作家12人の短篇を収録。オール短篇集初収録作品で贈る傑作選。

ハヤカワ文庫

訳者略歴　中央大学大学院独文学専攻博士課程修了，中央大学講師，翻訳家　訳書『ハンガイ銀河の占星術師』ヴルチェク＆ダールトン，『エスパー大戦』ヴルチェク（以上早川書房刊）他多数

HM=Hayakawa Mystery
SF=Science Fiction
JA=Japanese Author
NV=Novel
NF=Nonfiction
FT=Fantasy

宇宙英雄ローダン・シリーズ〈696〉

集結《しゆうけつ》ポイントYゲート

〈SF2419〉

二〇二三年九月　十　日　印刷
二〇二三年九月十五日　発行
（定価はカバーに表示してあります）

著者　エルンスト・ヴルチェク、ペーター・グリーゼ、K・H・シェール
訳者　若《わか》松《まつ》宣《のり》子《こ》
発行者　早川　浩
発行所　株式会社早川書房
郵便番号　一〇一 - 〇〇四六
東京都千代田区神田多町二ノ二
電話　〇三 - 三二五二 - 三一一一
振替　〇〇一六〇 - 三 - 四七七九九
https://www.hayakawa-online.co.jp

乱丁・落丁本は小社制作部宛お送り下さい。送料小社負担にてお取りかえいたします。

印刷・信毎書籍印刷株式会社　製本・株式会社明光社
Printed and bound in Japan
ISBN978-4-15-012419-9 C0197